KB116271

헤라클레스를
훔치다

손현주 소설

헤라클레스를 훔치다

문학동네

차례

두 시간

여관의 붉은 조명등이 대낮인데도 어둠 속의 눈처럼 선정적이다. 쏴쏴, 인천 남자의 목욕 시간이 길어지고 있다. 여자는 불안한 눈으로 리모컨을 이리저리 눌러 채널을 바꿔보다 흑백영화 채널에 눈이 고정된다. 마냥 행복한 사람은 내 감정 따윈 이해할 수 없어, 그래 이해할 수 없다구. 여주인공의 대사가 그녀의 귀를 잡아끈다. 여주인공처럼 그 대사를 중얼거려본다. 그래, 이해할 수 없다구. 화면은 다시 진행자의 영화평으로 이어진다.

블랑쉬는 언제나 낯선 이의 친절에 의지하여 살아왔고, 이방인에게 자신을 드러내며 유혹해보려고 했다. 다른 무엇도 아닌 친절을 느끼고 싶어서. 다시 화면은 영화 속 장면으로 바뀌고, 여주인공은 또다시 낯선 남자의 손에 이끌려 차를 타고 떠난다. 이어 진행자의 멘트가 이어진다. 오래되고 성능 나쁜 자동차 대신 욕망으로 가득한 전차를 타고 미국 전역을 날아보세요. 당신을 짝사랑하던 남자가 준 여우목도리를 하고 당신의 대학 동창이 초대한 카리브 해에서 다이아몬드가 아닐지라도 유리 빛 왕관을 쓰고 두 눈을 깜박이며 사랑으로 몽클해지세요. 영화 감상은 끝이 났고 화면은 또다시 흑백에서 컬러로 바뀌었다.

여자는 시계를 들여다보며 이곳을 나가야 할지 말아야 할지 초조하기만 하다. 생전 처음 오밀조밀한 여관 골목길에 낯선 남자를 따라 들어왔다. 허름한 여관들은 대낮이라 조용했다. 간간이 옆방에서 티브이 소리인지 여자들의 교성인지 알 수 없는 소리들이 뒤섞여 들려왔다. 쏴쏴쏴쏴 욕실의 물소리는 여전히 요란하다. 벌써 집에서 나온 지 한 시간이 지났다. 여자는 늦어도 이곳에서 한 시간 안에 모든 걸 마무리하고 집으로 돌아가야 한다. 남자의 샤워가 길어지는 게 점점 불안하다. 여자는 인천 남자를 따라오기는 했으나 도저히 시간 맞춰 집으로 돌아갈 자신이 없다. 소파에서 일어나 밖으로 나갈 채비를 하고 살금살금 욕실을 지나며 문틈에 눈을 대고 안을 들여다본다. 헉. 남자는 샤워기를 틀어놓은 채 작은 앰플 병에 주사기를 꽂고, 뭔가를 주입하고 있는 중이다. 곧이어 욕실 문이 열렸고 여자는 남자와 눈이 잠시 마주쳤다. 여자는 인천 남자의 손에 든 주사기를 보며 마약을 떠올렸다. 지금 뭐 하는 짓이에요? 두려움에 다급히 소리를 지른 여자는 후다닥 객실 밖으로 뛰쳐나가려고 했다. 주사기를 든 남자가 여자를 뒤쫓아오더니 팔을 휘어잡고 침대로 질질 끌고 가 내팽개친다. 오로지 주사기에만 초점을 맞춘 여자는 부들부들 떤다. 주사기 치, 치워요! 빨리요. 이건 아니잖아요. 저…… 하고 싶지 않거든요. 나가야겠어요. 가만…… 가만 좀 있어. 여자가 왜 이렇게 힘이 세나. 한 손에 주사기를 든 채 여자의 몸을 완력으로 눕히려는 남자의 몸짓이 그녀를 더욱 공포로 몰고 간다. 여자는 주사기를 뺏으려 허공으로 손을 뻗어 패악을 떨어보지만 역부족이다. 남자가 여자의 치마 속에 손을 넣으려는 순간, 주사기의 뾰족한 바늘 끝이 그만 여자의 다리를 길게 긁고 만다. 여자는 남자의 귀를 물어뜯고는 여관방을 황급히 뛰쳐나온다.

좁은 골목길을 안간힘을 다해 빠져나오며 여자는 뒷목이 서늘해지는 것을 느낀다. 흐트러진 옷매무시를 다시 여미며 볼품없이 망가진 자신의 몸을 살펴본다. 스타킹은 이미 남자의 손아귀에 찢겨 너덜거렸고 블라우스 단추도 우악스럽게 뜯겨나갔다. 좁은 길 사이로 골바람이 불어와 여자의 옷 속을 휘돌며 파고든다. 누군가의 수군거림이 들려온다.

여자는 언젠가부터 심한 고독에 시달렸다. 까닭 없이 눈물이 쏟아지거나 신열을 앓는 사람처럼 알 수 없는 불안감에 시달렸다. 3년 동안 중풍인 친정어머니와 의식 없는 남편을 간호하는 일에 지쳐가고 있었다. 자신이 거실에 걸린 정물화처럼 변해가고 있다는 사실이 두려웠다. 환자를 돌보는 몇 년 동안 계절이 어떻게 바뀌는지 몰랐다. 병든 육체를 돌보는 일은 이제 뱉지도 삼키지도 못하는 일이 되어가고 있었다.

2층 주인집 여자에게 전기료를 내러 가던 날, 여자의 인기척을 듣지 못한 채 컴퓨터에만 눈을 박고 자판을 요란하게 두드리는 주인 여자를 보았다. 가까이 다가가 보니 그녀는 모니터 저편의 누군가와 채팅을 하고 있었다. 저…… 저기요. 아 깜짝이야. 어머나! 새댁이 여긴 웬일이야? 노크나 좀 하지. 주인 여자는 애가 없다는 이유로 여자를 새댁이라고 불렀다. 여자도 새댁이라는 말이 그다지 싫지 않았다. 예

에…… 문이 열려 있어서요. 근데 뭐 하시는 거예요? 아…… 아무것
도 아냐. 주인 여자는 재빨리 컴퓨터 모니터의 채팅 창을 닫았다.

　주인 여자의 남편은 직업군인이다. 전방에서 근무하는 탓에 부부는
오랫동안 떨어져 지냈다. 그녀는 사십대 중반인데 여자보다 더 생기
있고 센스가 있었다. 80세까지 26의 허리를 유지하겠다는 말을 종종
내뱉을 정도로 외모에 대한 집착이 심했다. 댄스 다이어트는 그녀의
취미이자 특기다. 일주일에 한두 번씩 정기적으로 테라피 숍과 워터
쉐이프 지방흡입을 받으며 몸매 관리를 해왔다. 남편도 없는데 외모
관리에 열심인 주인 여자가 처음엔 의아했다. 그런데 그제야 여자는
비로소 주인 여자의 비밀을 알 것 같았다. 그녀는 분명 누군가와 채팅
을 하고 있었다. 그러고 보니 정황이 잡히는 것 같다. 여자가 옥상에
빨래를 널러 올라가면서 아래를 내려다보면 집 앞에 중형 세단이 누
군가를 기다리는 듯 서 있는 모습을 목격하곤 했었다. 그럴 때면 주인
여자에게 여자는 묘한 질투가 느껴졌다. 족쇄 같은 자신의 삶이 순식
간에 초라해져 견딜 수가 없었다. 여자는 결코 병든 남편과 어머니만
을 지키며 지고지순하게 살고 싶지 않았다. 그렇다고 어떤 뾰족한 수
가 있는 것도 아니었다. 여자는 자신의 삶이 답답해 못 견딜 지경이었
다. 그동안 왜 그렇게 지루하고 숨 막힌 생활을 견뎌왔는지 미련해 보
이기까지 했다. 그러나 자신이 무척 대견하다는 생각도 없지는 않았
다. 하지만 요즘에 와선 그런 생활에 점점 지쳐가는 걸 느끼고 있었
다. 집 안에서 누군가와 대화라도 할 수 있다면 숨통이 트일 것 같았
다. 여자는 주인 여자를 보며 답을 얻은 듯했다.

　여자는 그날 바로 채팅 사이트에 가입했고, 독수리 타법으로 대화

12

를 시도해보려고 했다. 수없이 날아오는 쪽지들로 정신이 없었다. 여자는 성의껏 대화를 나누어보려 애를 썼지만 느린 독수리 타법을 견디며 대화를 이어가는 남자들은 없었다. 여자의 대답을 기다리던 남자들이 금세 지치는 바람에 채팅 창이 사라지기 일쑤였다. 채팅도 여자에게 쉬운 일이 아니었다. 여자는 타자에 익숙하지 않은 자신이 굴욕적으로 느껴졌다. 그동안 누군가에게 메일을 보낼 일도 없었고 키보드를 능숙하게 칠 필요성을 갖지 못했다. 하지만 이 무료함과 지쳐가는 일상을 탈피하려면 독수리 타법에서 벗어나야만 했다.

채팅 사이트에 가입한 지 일주일쯤 지났을 무렵, 인천 사는 50세 남자의 쪽지를 받았다. 다행히 남자도 타자 속도가 빠르지 않았다. 여자는 인천 남자도 채팅 초보라는 생각에 여유로워졌다. 오히려 자신의 타자 속도가 더 빠른 듯했다. 인천 남자는 작은 사업체를 운영하고 있고 부인과는 이혼을 했다고 솔직하게 털어놓았다. 여자는 며칠 동안 시간을 정해 채팅방에서 인천 남자를 만났다. 자신의 답답한 생활에 대해 수다 떨듯 편하게 대화했다.

인천 남자는 여자의 삶에 작은 위로를 주었다. 적막한 집 안에서 자판 치는 소리가 경쾌하게 들리는 걸 여자도 느낄 수 있었다.

저…… 우리 만날까요? 인천 남자가 만나자고 제의를 했다. 오후에 영등포 쪽으로 나갈 일이 생겼는데요. 한시쯤 볼래요? 그렇게 빨리요? 여자도 남자의 제의가 싫진 않았다. 마음 한구석에 남자를 만나고 싶다는 충동이 일었다. 시계를 보니 오전 열한시가 조금 넘어가고 있었다. 여자는 남자의 몰아붙임에 덜컥 약속을 하고 말았다. 약속 장소는 가까운 영등포 로터리 카페로 정했다. 여자는 외출 준비를 서

두르면서도 명치끝에 찬밥 덩어리가 뭉친 것처럼 속이 편하지는 않았
다. 작은 두려움이 있었지만 자신도 한 번쯤 주인 여자처럼 그런 은밀
한 만남을 갖고 싶었다. 채팅 시작 2주 만에 거둔 작은 성과였다.

　여자는 외출하기에 앞서 늘 숙제처럼 규칙적으로 해야 하는 일들
이 있었다. 먼저 작은방으로 들어가 창문부터 열었다. 어두침침한 것
이 싫어 늘 햇볕이 들게끔 커튼을 재껴두는 방이었다. 덕분에 방 안의
눅눅함을 없애는 효과도 함께 보았다. 이중으로 된 창을 열자 방충망
과 방범 창살이 촘촘해 밖을 시원스럽게 내다볼 수 없어 답답했다. 방
한가운데 중풍으로 누워 계신 어머니에게 다가갔다. 어머니의 입에서
흐른 침이 허옇게 가루가 되어 말라붙어 있었다. 물수건으로 입 주변
을 닦아내고 기저귀를 살폈다. 어머니는 종일 입을 벌리고 허공을 쳐
다보는 게 일이지만, 건강에 별다른 이상은 보이지 않았다. 어머니의
기저귀가 뜨끈해졌음을 손끝으로 느낄 수 있었다. 여자는 이불을 홀
러덩 걷어내고 어머니의 속바지를 한 겹 벗겨낸 후 사각팬티를 내렸
다. 기저귀는 세 시간 전보다 훨씬 묵직한 상태다. 기저귀를 벗겨내고
어머니의 거웃을 들여다봤다. 우뭇가사리처럼 엉긴 거웃 주변의 살들
이 빨갛게 짓물러 있었다. 어머니의 가랑이를 벌려 옆에 놓아둔 종이
부채로 그 사이에 살랑살랑 바람을 일으켰다. 부채 바람에 실려 가랑
이 사이에서 지릿한 냄새가 올라왔다. 여자는 손으로 거웃 주변의 붉
게 쓸린 살들 사이사이를 헤집어 바람이 골고루 닿도록 했다. 붉은 살
들이 어느새 꾸들꾸들해지고 있었다. 여자는 거웃 사이를 유심히 들
여다보았다. 저런 작은 구멍을 찢고 자신이 나왔다는 사실이 믿어지
지 않았다. 아이를 낳아본 경험이 없는 여자는 어머니가 자신을 낳았

14

을 때 어떤 기분이었을까 생각을 해보았다. 어머니의 벌린 입이 잠시 옆으로 헤죽 벌어졌다. 기분이 좋아 보였다. 어머니는 그녀가 일곱 살 때 심장마비로 남편을 잃었다. 하나뿐인 딸인 그녀를 남편 삼아 재가도 하지 않고 지금까지 한결같이 자신을 의지해서 살아오셨다. 그러던 어머니가 뇌졸중으로 쓰러진 후 다시 일어나질 못했다. 어머니에게 손주도 안겨드리지 못해 여자는 늘 죄스러웠다. 새끼가 있어야 여자는 큰 소리 치는 법인디 팔자에 자식이 없는 건 도리가 없제. 남편복이라도 꿰차고 앉으면 되는 법이지 뭐, 라며 어머니는 그녀를 늘 안쓰러워했다. 주변에서는 어머니라도 노인요양병원에 보내라고 했지만 그럴 수 없었다. 어머니에게 자신이 어떤 딸이었는지, 그녀는 잘알고 있었다. 아무리 힘이 들어도 요양원에는 보내기가 망설여졌다. 그녀는 마지막으로 어머니의 불두덩 위에 파우더를 톡톡 찍어 누른후 기저귀를 채웠다. 그러고 나서 어머니의 누운 몸을 옆으로 세워 자리를 바꿔주었다. 욕창 부위가 받을 압력을 최소화하기 위해 체위 변경 횟수를 늘려야 했다. 욕창은 말 못 하는 어머니를 괴롭게 하는 고질병이었다. 잠시 열어두었던 창문을 다시 닫았다. 방 안 공기가 한결가벼워진 듯했다.

여자는 작은방을 나와 이번에는 안방으로 걸음을 옮겼다. 방 안에는 무거운 침묵이 흐르고 있다. 병원용 침대 위로 남편의 얼굴이 보인다. 남편의 입에는 인공호흡기와 연결된 관이, 코에는 영양공급용 튜브가 테이프로 고정되어 있다. 다리 밑으로 소변 줄이 연결되어 여느 중환자실의 분위기와 다를 바 없는 풍경이다. 침대에는 욕창 방지용 특수 에어매트를 깔아놨다. 두 시간마다 남편의 자세를 바꿔줘야 했다. 남편은 자가 호흡을 못 해 인공호흡기가 1분에 12회 정도 호흡을 도와줬다. 자가 호흡을 유도하면 10분을 채 넘기지 못하고 숨소리가 거칠어졌다. 남편은 호흡기를 떼면 한두 시간 내로 숨을 거둘 것이다. 남편은 하루에 800칼로리의 영양식을 튜브로 공급받는다. 처음에는 1,200칼로리를 공급했는데 살이 찌기 시작해 양을 줄였다. 귀국 초기에는 뇌부종이 심해 혼수상태까지 갔었지만, 얼마 후 증상이 사라지자 반사를 담당하는 뇌간이 살아나 상태가 호전된 것이다. 남편의 얼굴이 홀쭉한 게 며칠 사이에 더욱 볼이 패어 보였다. 목 가운데에 뚫린 구멍에는 산소호흡기의 줄이 이어져 있다. 여자는 남편의 목에 걸린 가래를 빼는 석션 작업을 했다. 요도로 연결된 소변 비닐 팩이 오줌으로 꽉 채워지기 전에 비워내는 일도 여간 귀찮은 일이 아니었다.

여자의 남편은 필리핀에서 해산물을 수입하는 무역업을 했다. 자주 출장을 다녔고 한번 가면 한 달씩 머무르곤 했다. 사고가 생긴 곳은 필리핀 마닐라 한복판이었다. 교통사고였다. 그날 선적할 냉동 해산물의 상태를 점검하기 위해 남편은 새벽에 차를 몰고 나왔다. 그런데 어둠 속에서 길게 늘어져 달려오는 트레일러 차량의 꼬리를 미처 보지 못했다. 트레일러가 사거리에서 방향을 틀 때 남편의 차는 그 뒤 꼬리에 부딪쳐 도로 밖으로 튕겨졌다. 사고 수습 후 남편은 24시간 만에 겨우 수술을 마쳤고, 이때 경추 3번과 4번을 다치는 바람에 전신마비와 뇌 손상을 입게 되었다. 남편은 필리핀에서 산소호흡기를 단 채 한국으로 돌아왔다. 보호자의 동의를 얻어 생명 연장 시술을 하지 않는 편이 어쩌면 환자나 남은 가족들을 위해 바람직할 수도 있죠. 생명 연장 시술을 하게 되면 잘하면 10년 이상도 생명을 연장할 수는 있지만…… 담당 의사는 사고가 났을 당시 말끝을 흐렸다. 그때는 그 말이 이해가 되지 않았지만 벌써 3년째 누워 있는 남편을 바라보니 그 말의 의미를 알 것 같았다. 남편은 눈을 깜박이고 손가락 끝을 까닥거리는 정도는 가능했다. 그는 손가락 하나만을 사용해 여자를 감시하고 장악하고 있었다. 석션을 하는 동안 텅 빈 눈동자로 그녀의 모습만을 지켜봤다. 여자는 가끔 남편의 말없는 눈이 무서웠다. 두 시간마다 석션을 해줘야 하기 때문에 시장 가는 것 빼고는 집을 지켜야 하는 일상이었다. 여자는 남편의 손가락이 까닥거리는 반응에 따라 음식을 더 넣어주기도 하고 등을 쓰다듬어주기도 하고 대소변을 갈아주기도 했다. 그것은 남편과 여자만이 아는 규칙이 되어버렸다. 손가락의 떨림이 다발성 경련인지, 아니면 남편의 뇌신경이 살아나는 것인지 알 수 없지만 신경이 쓰였다. 여자는 통나무처럼 누워 있는 남편의 병구완에 정성을 쏟았다. 죽어 있는 신경을 되살려주려고 수시로 그의 팔다리를 주물러주었다. 하지만 시간이 지날수록 여자는 지쳐갔다. 때론 남편이 살려고 하는 의지가 강해지는 게 야속하고 미워지기까지 했다. 남편의 신경이 조금씩 되살아난다 해도 그녀의 삶은 달라질 게 없었다. 남편이 정상이 될 수 없다는 걸 담당 의사에게 이미 들었기 때문이다. 지금은 단지 생명을 늘려가는 과정이고 조금 남아 있는 뇌의 신경 부분이 끊어지거나 심장이 멈춰주기를 지루하게 기다리는 과정이다. 남편은 코에 꽂힌 필딩 튜브를 통해 음식을 섭취했다. 여자는 가끔 남편의 코와 목에 매달린 호스를 잡아 빼는 상상을 한 적이 있다. 바로 이 생명 유지 장치 때문에 자신의 삶이 날개를 달 수 없다는 생각도 종종 들었다. 이제 남편과 여자는 육즙처럼 흘러내리는 흥건

한 분비물의 냄새를 맡을 수 없고, 찰랑거리는 술잔을 기울이며 진한 키스를 나눌 수도 없다. 그런데 어찌된 셈인지 요즘 여자는 그런 본능의 냄새를 맡고 싶다. 가두려고 해도 가두어지지 않는 욕망이 꿈틀거리는 것을 때때로 그녀는 몸으로 느낀다. 남편이 살아 있다는 것을 느끼는 순간은 배설물을 치우는 시간이다. 그 순간에야 비로소 남편이 곁에 있다는 것을 후각과 시각을 통해 확실하게 인식한다. 여자는 따뜻한 물에 수건을 적셔와 남편의 얼굴과 손을 구석구석 닦아 내려갔다. 남편은 종일 누워만 있어도 이상하게 식은땀을 많이 흘렸다. 그 냄새는 시간이 조금 지나면 역한 탁배기 냄새처럼, 혹은 뜬내처럼 방안을 온갖 잡내로 채워 여자를 참을 수 없게 만든다. 방을 환기시켜주지 않으면 울렁거리는 속을 달랠 수가 없었다. 부지런한 손놀림으로 남편의 몸을 구석구석 닦아내 악취가 진동하지 않게 했다. 여자는 3년 동안 깊은 잠을 자본 적이 없었다. 토끼잠을 자며 남편의 가래를 수시로 빼줘야만 했다. 여자에게 작은 소망이 있다면 간병인을 두고 자신이 못다 배운 동양화를 배우거나 직업을 가져 생활을 나아지게 만드는 일이다. 주어진 시간 동안 할 수 있는 일이라곤 동네 또래 여자들과 여가 활동을 즐기거나 자식 뒷바라지 정도인데, 그나마도 그녀에게는 해당되지 않았다. 간병인을 두고 자신만의 시간을 갖고 싶었던 그녀는 구청에서 지원하는 노인 간병 도우미를 요청했다. 하지만 대기자가 많아 언제쯤 차례가 올지 모른다는 답변만 들었다. 그래도 그녀는 대기자 명단에 이름을 올렸고 언젠가는 차례가 올 거라는 희망을 가졌다. 어머니의 중풍으로 구청에서 시행하는 간병인 교육을 받아 자격증까지 따둔 것은 남편을 보살피는 데 도움이 되었다. 그녀

18

가 가지고 있는 유일한 자격증이었다. 사실 노인 간병 도우미가 어머니를 잠시 돌봐준다고 해도 남편을 돌봐주는 건 어려운 일이었다. 여자는 단 하루라도 좋으니 자신만의 시간을 온전히 갖고 싶었다. 하지만 그런 날들은 언제쯤이나 될지 묘연했다.

여자는 좁은 여관 골목을 빠져나와 택시를 잡아타고 허겁지겁 집으로 돌아왔다. 침묵의 공기는 그대로 살아 있었고, 안방과 작은방의 모든 상황도 특별할 것이 없어 보였다. 욕실로 들어가 손을 씻는데 장단지가 따끔거렸다. 그것은 곧 여관에서의 일을 환기시켰다. 그녀는 치마를 걷어 다리를 살폈다. 종아리에 10센티 정도의 길게 파인 자국이 빨갛게 도드라졌다. 마치 첫 외도의 훈장처럼. 그녀는 불안감에 휩싸였다. 불안감의 원인은 바로 주삿바늘에 묻은 성분 때문이었다. 바늘에 묻은 마약이 이미 자신의 몸 깊숙이 침투해 온몸을 헤집고 다니는 것 같아 찜찜했다. 처음으로 채팅에서 만난 남자에게 너무 쉽게 자신을 허락했던 것 같아 화가 치밀었다. 인천 남자의 따뜻한 말 한마디가 여자를 쉽게 녹아내리게 했다. 누군가에게 듣는 위로의 한마디가 얼마나 그리웠는지 모른다. 그렇게라도 해서 자신의 편을 만들고 싶었는지도. 그녀에게 인천 남자의 유혹은 와인의 짙은 포도 향내를 맡는 것처럼 치명적이었다. 강요받는 무기력 속에서 꾸물꾸물거리는 그것. 이제 막 생기기 시작한 어항 속 물이끼처럼 거웃거웃 자라나는 욕망을 여자는 숨길 수 없었다. 그녀는 오랜만에 적당한 긴장감과 성적 흥분을 갖고 싶었다. 암컷의 본능이 뽑아도 뽑아도 번식을 멈출 수 없는 가시박처럼 우후죽순 무성한 잎으로 자랐다. 기다란 넝쿨들이 얽히고 설켜 기형적으로 자라는 것이 여자는 두려웠다. 인천 남자는 그녀의 허기진 마음을 여우처럼 눈치채고는 바로 여관 골목으로 손목을 끌었다. 그녀는 그런 남자가 두려웠지만 이미 얼굴이 붉게 달아올랐고, 몸 안에서 자라는 넝쿨은 머뭇거릴 틈도 없이 끌려갔다. 여자는 고상한 척하고 있었던 자신을 송두리째 내던지고 싶었다. 그런데 하필이면 마약쟁이라니…… 씁쓸했다. 방으로 들어가 연고를 꺼내 발랐다. 기다란 흉터가 마치 붉은 지렁이가 이무기가 되고 싶어 꿈틀거리는 것처럼 보였다. 상처에 연고를 다 바를 때까지 불쾌감은 쉽게 사라지지 않았다. 마약사범을 방치했다는 도덕적인 양심보다, 큰맘 먹고 나간 자신의 첫 외출이 시궁창에 빠진 것처럼 온통 질척질척해졌다는 느낌을 참을 수 없어 미칠 것 같았다. 따끔따끔한 종아리의 상처가 신경을 거슬리게 했다. 신고를 해야 할지 말아야 할지 가늠이 되지 않았다. 여자는 우선 남편과 어머니의 방을 차례로 들어가 다시 일상을 반복한 후, 뭔가 결심을 한 듯 거실로 나와 결국 수화기를 들었다. 종아리의 상처는 조금 전보다 더 따끔거렸다. 두근거리는 마음은 진정이 되질 않았다. 혹시 마약 성분이 다리의 혈관을 통해 이미 몸속으로 퍼진 게 아닌지, 별의별 생각이 다 들었다. 전화로 간단히 신고만 하면 되는 일인데 뭐. 112번호를 눌렀다. 저…… 저기요. 신고를 하려고 하는데요, 마약사범을 알거든요. 그때부터 수화기 너머에서는 긴박하게 마약에 초점이 맞춰졌다. 인적사항과 남자를 만나게 된 이유 등을 물어보더니, 경찰서로 당장 출두해달라는 요청을 했다. 꼭 경찰서로 가야 하나요? 제가 집에 사정이 있어서요. 저, 이건 단순 사건이라 보기 어렵구요. 특히 마약이란 특수한 사건이라서, 신속히 처리해야 하거든요. 예상치 못한 일이다. 생각보다 일이 커진 것 같아 잠시 당황이 되었다. 그저 전화로 신고만 하면 되는 걸로 생각했던 그녀는 덜컥 겁이 났다. 여자는 마지못해 경찰서로 출두하겠다는 말을 하고 말았다.

여자는 영등포 경찰서의 마약전담반이 있는 2층으로 올라갔다. 형사 둘이 여자를 기다리고 있었다. 형사는 남자의 인상착의, 채팅 사이트, 아이디, 여관 등의 정황을 낱낱이 취조했다. 그녀는 진술을 하면서도 자주 시계를 들여다보았다. 한편으로는 일이 점점 복잡하게 꼬이는 게 아닌가 하는 불안감이 들기 시작했다. 차마 입으로 내뱉기 힘든 여관방에서 일어났던 일에 대한 취조가 길어지자, 모든 걸 팽개치고 방을 뛰쳐나가고 싶었다. 특히 형사들의 취조 태도가 너무 진지해 겁이 덜컥 났다. 형사에게 그동안의 과정을 낱낱이 얘기하려니 그녀는 참을 수 없이 수치스러웠다. 이런 난감한 상황을 벌인 자신이 당황스러웠다. 취조는 다행히 시간 안에 끝났고 여자는 부리나케 집으로 돌아왔다.

여덟시쯤 되자 다시 경찰서에서 전화가 왔다. 인천 남자가 모 카페에서 잠복근무를 하던 형사에게 잡혔으니 확인 좀 해달라는 요청이었다. 그렇게 빨리 잡혔어요? 마약사범은 우선 수사 대상이거든요. 그녀는 전화를 끊고 다시 안방과 작은방에 들어가 하던 대로 일상 점검을 하고 다시 시계를 본 후 경찰서로 갔다.

마약 전담반에는 낮에 본 인천 남자가 앉아 있었다. 고개를 푹 숙이고 죄인처럼 앉은 모습이 초라하게 보였다. 형사가 그의 얼굴을 들게 했다. 이 사람 맞습니까? 네, 맞아요. 이 사람이에요. 주사기에 마약을 넣었고, 그 주사기를 갖고 제게 덤볐으니까요. 형사는 여자의 말이 끝나기가 무섭게 난처한 표정을 지었다. 저…… 근데 어쩌죠. 이 사람이 가지고 있던 주사기 성분을 조사해봤는데 마약이 아니라 조루 방지 주사액이더군요. 네에? 주사액이 마약이 아닌 조루 방지제라는 말에 튀어오를 듯한 신음 소리가 나왔다. 쥐구멍이 있다면 어디론가 숨고 싶었다. 인천 남자 역시 얼굴이 발개지면서 고개를 들지 못했다. 인천 남자는 마약에 대한 누명은 벗었으나 진실은 더 초라하고 불편했다. 그의 안색은 초췌했고 몸 둘 바를 모르는 모습이었다. 이 사람이 오래전부터 조루가 심해서 부인과의 관계도 원활하지 못해 이혼도 했고, 그래서 그 약을 투여했다고 하네요. 다니던 병원에도 확인했고 소변 검사에서도 마약 성분은 나오지 않았어요. 형사는 지금까지 조사 결과를 담담히 얘기했다. 여자는 얼굴이 화끈거렸다. 어떡할까요? 성폭행 부분으로 고소하실래요? 성폭행이라는 말에 갑자기 인천 남자가 빳빳이 고개를 들었다. 성폭행이라뇨? 스스로 여관에 들어갔고 관계도 실패했는데 무슨 성폭행이요? 여자는 잠시 정신이 아득해졌다. 듣고 보니 인천 남자의 말이 맞았다. 고소할 부분은 없었다. 단지 주삿바늘에 대한 자신의 오해가 지금 경찰서에 와 있는 난처한 상황을 만들었다. 여자는 다시 시계를 들여다보았다. 빨리 이 상황을 마무리 지어야 했다. 제가 댁을 마약사범으로 의심한 건 미안하지만, 제 다리에 난 이 상처 보이죠? 이건 명백히 폭행이에요. 거기다가 정신적 충격도 있고요. 그건 제가 너무 당황해서 그런 거예요. 단지 겁만 주려고 한 게 그만…… 인천 남자는 겁에 질린 듯이 다급하게 제안을 했다. 제가 보상을 하면 되죠. 얼마를 보상하겠다는 거예요? 여자는 시계를 다시 보았다. 남편의 종이 울릴 시간이었다. 50만 원요. 인천 남자도 이 자리를 빨리 모면하고 싶었는지 생각지 않은 액수를 불렀다. 어떡하실래요. 그렇게 합의를 보실래요? 여자는 잠시 망설이다 이내 고개를 끄덕였다. 그녀는 계좌번호를 인천 남자에게 적어주었다. 그녀 역시 보상금 액수로 흥정할 틈이 없었다. 다행히 10분이 남은 상황에서 합의가 되었다. 그녀는 부지런히 경찰서를 나와 집으로 돌아왔다. 하루 종일 구정물을 뒤집어쓴 사람처럼 찝찝했다. 마약도 아니고 조루라니……

　여자의 외출은 깊은 피곤을 불러왔다. 그날 밤 그녀는 뒤척이며 꿈에 시달렸다. 꿈에서 그녀는 낮에 본 인천 남자와 여관에서 정사를 벌이고 있었다. 남자는 쉴 새 없이 그녀의 벗은 몸을 애무했고 둘은 몇 번이나 뒤치닥거리며 서로의 몸 위로 올라타기를 반복했다. 거친 호흡 속에 오랫동안 죽어 있던 세포들이 하나둘씩 살아나기 시작했다. 건조했던 그녀의 몸에 땀방울들이 송글송글 맺히며 피부를 매끈하게 만들었다. 수액이 터진 것처럼 그녀가 먼저 긴 비명을 지르고서야 그들의 관계는 끝이 났다. 그녀가 시계를 봤을 땐 두 시간이 훨씬 지난 다섯시였다. 그녀는 옷을 입는 둥 마는 둥 여관을 나와 택시를 타고 집으로 향했다. 숨을 헉헉거리며 현관문을 열었을 때 어머니가 거실로 엉금엉금 기어나와 안방으로 들어가며 화정아! 화정아! 하고 그녀의 이름을 부르는 소리가 쟁쟁하게 들려왔다. 그녀가 조심스럽게 열린 안방으로 들어갔다. 남편의 숨이 드디어 끊겼으리란 두려움에 심장이 두근거렸다. 침대에 누워 있던 남편은 보이지 않았다. 산소호흡기도 내팽개쳐 있고 음식 흡입기도 가지런히 협탁 위에 놓여 있었다. 뒤에서 인기척이 났다. 뒤를 돌아보니 남편이 거실 쪽에서 눈을 부릅뜨고 방으로 멀쩡히 걸어들어오는 게 아닌가. 그 순간 그녀는 소리를 지르고 말았다. 자신이 내지른 소리에 놀라 여자는 눈을 떴다. 어두운 방 안의 적막이 그녀의 목을 짓누르는 것 같았다. 댕댕댕 순간 방 안의 적막을 깨는 소리가 들렸다. 남편의 손가락이 까닥까닥 움직이고 있는 게 보였다. 마치 남편이 자신의 꿈속을 훤히 들여다보기나 한 것처럼 한기가 그녀의 등 쪽으로 몰려왔다.

다음날 여자는 통장을 확인해보았다. 인천 남자로부터 50만 원이 입금되었다. 돈을 본 순간 치욕스러움의 대가라는 생각이 들었다. 여자는 아침부터 어머니가 내질러놓은 설사 오물이 묻은 요를 걷어 홑청을 뜯어냈다. 그녀는 요 홑청과 이불을 들고 앞마당 수돗가로 나갔다. 고무 대야에 물을 가득 받아 세제를 풀고 이부자리를 물에 담갔다. 그녀는 요 홑청이 물에 잘 젖도록 발로 자근자근 밟았다. 마당에서 주인 여자가 외출을 서두르고 있었다. 또 이불 빨래야? 큰일이다, 자기. 언제나 그 생활이 끝이 날지 딱하네. 애가 있기나 해. 뭐가 아쉬워서. 나 같으면 벌써 도망갔을 거야. 아 참, 이 머리 어때? 어제 커트 다시 하고 파마했거든. 새로운 미용사가 해서 그런지 어째 좀 그래. 아뇨, 예쁘게 잘 됐네요. 근데 어디 좋은 데 가세요? 으음…… 그냥. 나 부탁이 하나 있는데, 내가 지금 사골을 끓이느라 불을 줄여놓고 나왔거든, 30분이면 다 고아지니까 불 좀 꺼주라. 늦게 올지 모르니까 이 열쇠는 현관 옆 신발장 안에 넣어두고. 주인 여자는 열쇠를 나무에 걸어두고 종종거리며 나갔다. 주인 여자가 어디로 가는지 행선지는 말하지 않았지만 그녀의 향수 덕에 알 것 같았다. 수돗가 주변은 주인 여자의 몸에서 나는 향수의 잔향만이 남아 그녀의 코를 아찔하게 했다. 그녀는 그 향에 취한 듯 한동안 텅 빈 마당을 응시했다.

여자는 이불 홑청을 다 빨고 옥상으로 올라가 젖은 빨래를 탈탈 털어 빨랫줄에 널어놓은 후 2층 주인집으로 내려갔다. 현관으로 들어서자마자 사골 국물의 진한 육수 냄새가 진동했다. 여자는 부엌으로 들어가 김이 솔솔 나는 솥에 가스 불을 끄고, 뚜껑을 열어 뜨겁게 훅 끼치는 김에 얼굴을 묻었다. 우려낸 사골을 다 들이마실 듯 뜨거운 김을 쐬었다. 따뜻한 기운과 구수한 냄새가 그녀의 미각을 잡아끌었다. 싱크대 위 찬장에서 국 대접을 꺼내 사골 국물을 한 대접 담은 후 냉장고에서 파를 꺼내 송송 썰어 넣었다. 싱크대 옆에 놓인 소금과 후추를 꺼내 국에 넣어 식탁으로 와 앉았다. 시계를 봤다. 아직 30분이 남아 있다. 사골 국물을 한 숟갈 뜨며 속이 확 풀어지는 걸 느낀다. 사골 국물을 다 먹은 후 안방 문을 열어봤다. 침대 위에 주인 여자의 옷들이 여러 벌 널브러져 있고, 화장대 위에는 화장 도구들이 뚜껑도 제대로 닫히지 않은 채 놓여 있다. 그녀의 옷 중에서 블랙과 베이지가 반씩 섞인 포멀한 원피스를 입어보았다. 실루엣이 그대로 드러나는 옷은 하나같이 섬세한 디테일이 살아 있었다. 화장대 거울로 자신의 모습을 들여다보았다. 깃털처럼 가벼운 의상이 마음에 들었다. 이번에는 화장대 위에 놓여 있는 여러 개의 향수 중 주인 여자가 즐겨 뿌리는 오리스 향을 코에 대보고 귓불에 뿌려본다. 향이 아주 고혹적이다. 원피스를 입은 채로 다시 방을 나와 현관 옆 신발장을 열어 가죽 실감의 7센티 뾰족한 굽으로 된 모던한 구두를 꺼냈다. 그녀가 발을 넣자 쏘옥 들어가는 게 마치 오래전부터 신었던 자신의 구두 같았다. 그녀는 구두를 신은 채로 허리를 펴고 거실을 향해 워킹하는 모델처럼 힘 있게 걸었다. 거실에서 안방으로, 안방에서 부엌으로, 부엌에서 다시 거실로. 여자는 다시 안방으로 들어가 원피스를 벗고 주인 여자가 벗어놓은 야한 검은 슬립을 입어본다. 이번에는 그 슬립 차림으로 거실로 나와 소파에 앉았다 테이블 위에 놓인 담배 케이스에서 담배 한 개비를 꺼내 물고 라이터의 푸른 불꽃을 갖다댔다. 그녀는 담배를 숨이 찰 때까지 쭈욱 한 모금 빨아들인 후 연기를 뱉어내다 캑캑거렸다. 주인 여자처럼 능숙하게 담배를 피우고 싶은데 손놀림도 부자연스럽고 기침도 심하다. 혼자 사는 여자들에게 담배란 기대고 싶은 그 무엇이더라고 했던 주인 여자의 말이 떠오른다. 여자는 그마저도 배우지 못해 담배를 곧바로 재떨이에 짓이겨버렸다. 대신 테이블 위에 진홍색 매니큐어에 눈이 고정된다. 여자는 매니큐어를 자신의 손톱에 발라본다. 투박하고 잔주름이 많은 여자의 손은 매니큐어와는 어울리지 않는다. 그래도 그녀는 숨죽이며 매니큐어를 마지막 손가락까지 발랐다. 그때 거실 벽에 붙어 있던 괘종시계가 두 번 울렸다. 벌써 30분이 거의 다 가고 말았다. 낯선 집에서의 놀이도 다 끝났다. 여자는 모든 물건들을 제자리에 두고 주인집을 빠져나왔다.

집으로 돌아온 여자는 다시금 통장에 들어온 50만 원이 생각났다. 그 돈을 어딘가에 써야 개운할 것 같았다. 어제의 외출은 모험이었지만 나름대로 의미가 있었다. 통장에 있는 돈을 마음껏 한번 써보고 싶었다. 외출 준비를 하기 위해 부지런히 남편과 어머니의 방을 오가며 일상적인 일을 했다. 샤워를 하고 화장을 곱게 하고 유행이 여러 번 지난 도트무늬 원피스를 꺼내 입었다. 집을 나서기 전에 시간을 가늠해보고 서둘렀다. 그녀의 쇼핑은 늘 영등포를 벗어난 적이 없었다. 모든 게 두 시간이면 해결이 되었다.

여자는 부지런히 버스를 타고 10분 만에 영등포 로터리에서 내렸다. 로터리에 내리자 인천 남자를 만났던 여관 건물이 건너편으로 빤히 보였다. 조루라니…… 여자는 갑자기 인천 남자가 골목에서 당장이라도 튀어나올 것 같아 부리나케 은행으로 들어갔다. 먼저 현금 지급기에서 돈을 찾았다. 여자는 빳빳한 만 원짜리 50장을 세고 또 세어보았다. 두둑한 현금을 보자 집에서의 우울했던 기분이 확 날아갔다. 여자는 오랜만에 T백화점 쪽으로 걸음을 옮겼다. 백화점 정문에 섰다. 백화점 출입을 해본 기억이 가물거렸다.

여자는 우선 매장을 아이 쇼핑하듯 죽 둘러보았다. 온갖 새로운 상품들이 그녀의 눈을 사로잡았다. 백화점에 쇼핑 나온 여자들은 하나같이 그녀보다 화려하거나 세련돼 보였다. 그녀는 1층 잡화 코너의 거울에 비친 자신의 모습이 굉장히 촌스럽고 백화점의 분위기와 동떨어졌다고 느꼈다. 윤기 없는 머리는 목까지 내려와 까칠해 보였고, 그나마 입고 나온 원피스는 유행과는 어울리지 않게 넥 라인이 가슴 위까지 올라와 더워 보였다. 그녀는 자신의 모습에 무심해지려고 더이상 거울을 보지 않기로 했다. 오랜만에 나온 쇼핑이었다. 쇼핑을 통해 우울한 기분을 날려보내고 싶었다. 잡화 코너부터 여성복, 가구, 가전 매장까지 층별로 에스컬레이터를 타고 둘러보았다. 하지만 좀전의 설레는 마음과는 달리 막상 딱히 살 만한 것들이 눈에 띄지 않았다. 화장품 코너는 거의 수입제품이어서 제품 하나의 가격에도 놀라, 살 엄두가 나질 않았다. 기초화장 외에는 딱히 색조화장을 할 일이 없는 여자는 고객용 립스틱만 건조한 입술에 살짝 칠한 것으로 만족했다. 의류 매장의 옷들은 여자가 입기엔 너무 화려했다. 특별히 외출할 만

한 곳이 없어 사뒀어도 옷장 속에 고이 모셔만 둬야 할 것 같았다. 가전 매장 역시 유행이 바뀌었을 뿐 딱히 필요한 것은 보이질 않았다. 가구는 누군가에게 과시해야 하는 사치품이라는 생각이 들었다. 집에 드나드는 사람이라고는 주인 여자와 정기적으로 방문하는 정수기 관리사원 또는 가스나 전기 검침요원 정도였다. 그녀는 혼자 인테리어 감상을 할 정도로 감각적이지도 못했다. 결국 마지막으로 간 곳은 지하 식품 매장이었다. 유난히 주부들이 북적이는 곳은 법성포 굴비 코너였다. 마침 특가 세일이라는 광고 문구에 여자의 눈이 멈췄다. 이참에 여자도 욕심을 내어 그 틈바구니에서 굴비를 골라보았다. 굴비 배 쪽이 누렇게 말려진 모양새가 제대로 된 참조기 맛을 낼 것 같았다. 스무 마리나 엮인 굴비를 들어올린 순간 이 많은 굴비를 누구와 먹어야 하는지 갑자기 머릿속이 혼란스러워졌다. 어릴 적, 굴비는 늘 어머니가 밥상머리에 앉아 가시를 발라주던 따뜻한 음식이었다. 굴비를 바라보자 갑자기 쓸쓸해졌다. 누군가에게 굴비에 박힌 잔가시들을 발라줘가며 주거니 받거니 하는 게 밥 먹는 재미인데 자신은 밥상에 같이 앉을 사람 하나 없었다. 갑자기 굴비를 먹고 싶다는 마음이 싹 달아났다. 몇 년 동안 자신을 위해 돈을 써본 적도 없고 누군가를 위해 맛난 음식을 만들어본 적도 없었다. 여자는 갑자기 백화점 안이 답답해지기 시작했고 재미가 없어졌다. 꼭 자신의 자리가 아닌 곳을 헤매는 느낌이 들어 견딜 수 없었다. 부리나케 백화점을 빠져나온 여자는 시계를 보았다. 그새 두 시간이 다 되어가고 있었다. 백화점 정문 쇼윈도에는 외국 여자배우가 사진 속에서 향수를 들고 그녀를 물끄러미 바라보고 있었다.

집으로 돌아온 여자는 알 수 없는 극심한 피로감에 휩싸였다. 자신을 위한 외출이었는데도 쇼핑은커녕 오히려 스트레스만 잔뜩 얻어왔다. 여자는 불빛도 보이지 않은 캄캄한 밤길을 혼자 헤매는 듯한 느낌이었다. 알 수 없는 막막함이 여자를 우울하게 했다.

늦은 밤 누군가에게 전화라도 걸어 이런 기분을 풀고 싶었지만 마땅히 들어줄 이가 떠오르지 않았다. 늘 두 시간의 자유밖에 없다보니 친구들에게 영화를 보자고 먼저 청할 수도 없었고, 차를 마시자고 하려다가도 시간에 쫓기는 상황이라 망설였다. 여자는 정말 외톨이가 되어버린 느낌을 지울 수가 없다. 몇 년 사이에 자신이 철저히 세상에서 고립된 것 같았다. 남편은 필리핀 사고 때 왜 죽지 않고 돌아왔는지, 이제 와서 원망이 되었다. 어머니 역시, 뜨거운 사골처럼 여자의 인생을 고아내는 존재다. 시간이 지날수록 점점 하등인간이 되어버린 것이 참을 수 없다. 화석화되어가는 자신에 대해 여자는 골똘히 생각하게 되었다. 머릿속에서 수없이 많은 상황들이 철칵찰칵 사진처럼 찍혔다. 자신의 삶을 살금살금 갉아대는 남편과 어머니. 그녀는 갑자기 심한 갈증이 몰려와 부엌으로 달려가 물을 벌컥벌컥 마셨다. 갈증은 가셨지만 무언가 자신을 억누르는 기운을 참을 수 없어 그녀는 기습적으로 안방으로 들어갔다. 조용한 방 안은 남편의 가래 끓는 소리만이 걀걀거렸다. 그녀는 남편을 한동안 응시하다가 문갑 쪽으로 살며시 걸어가 서랍을 열었다. 서랍 안에는 어머니가 예전에 재단할 때 쓰던 묵직한 가위가 놓여 있었다. 그녀는 가위를 꺼내 남편이 누워 있는 침대 머리맡으로 조심조심 다가갔다. 침대 옆에 즐비하게 놓인 의료기구들이 보였다. 그것들은 그녀의 삶을 친친 감고 올라가는 참덩

굴같이 징그럽게 매달려 있다. 여자는 가위를 손에 든 채 남편을 바라보았다. 침상 가까이 다가가 낮은 소리로 남편의 귓바퀴에 대고 말했다. 이번엔 당신이 날 배려했으면 좋겠어. 나도 죽을 것 같아서……미안해 정말. 덜덜 떨리는 손으로 가위를 호스에 대려는 순간 갑자기 남편의 입에서 밭은 기침이 와르르 쏟아졌다. 여자는 그 소리에 자기도 모르게 가위를 손에서 놓치고 말았다. 남편의 기침 소리를 듣자 컴퓨터에 입력된 자동 프로그램처럼 그녀는 갑자기 익숙한 손놀림으로 남편의 가래를 빼주었다. 가래를 빼내는 동안 남편이 눈을 떴다. 이상하게 남편의 부릅뜬 눈망울이 평소와는 달리 온유하다. 그 눈망울 끝에서 눈물 같은 물 기운이 서서히 고이고 있었다. 그녀의 팔뚝에 잔소름이 돋았다. '계속해야 한다. 계속할 수 없지만 계속할 것이다.' 남편의 눈은 이렇게 말하는 것같이 보였다. 그녀는 한동안 남편의 눈을 응시했다. 그 눈망울에 차오르는 습한 물 기운이 갑자기 성스럽게 느껴졌다. 고통에 일그러졌던 남편의 표정이 다시 고요한 상태로 바뀌었다. 남편의 온유한 눈빛이 그녀의 마음 안에 있던 분노를 누그러뜨리는 것 같았다. 갑자기 남편에게 자신의 속마음을 들킨 것 같아 수치스러웠다. 온몸에서 힘이 빠져나가는 것 같아 스르르 그 자리에 주저앉아 남편의 침대를 바라보았다. 남편의 중지가 유난히 바르르 떨리고 있다. 팽팽했던 신경 줄이 툭 하고 끊긴 느낌이다. 여자는 몸 어딘가가 따끔거리며 아픈 것이 느껴졌다. 조금 전 바닥으로 떨어진 가위 끝이 여자의 발등에 부딪치며 생채기를 내고 말았다. 붉은 피가 발등에서 바닥으로 흐르고 있다. 피는 발등에서 흐르는데 통증은 심장에서 느껴졌다. 여자는 그 피를 보며 닦을 생각도 하지 않았다. 어떤 소용

돌이 같은 것이 밀려왔다가 쑥 사라져가는 것을 본 것처럼 마음이 아주 고요해졌다. 여자는 무심히 바닥에 떨어져 있는 가위를 들고 아무 일이 없었다는 듯이 서랍에 넣어두고 허적허적 방을 나왔다.

여자는 그날 밤 밤새 잠을 설쳤다. 2층 주인집이 문제였다. 알 수 없는 여자의 비명 소리와 둔중한 물건이 바닥으로 떨어지는 소리, 뒤이어 남자의 굵은 목소리가 뒤섞여 들려와 밤새 그녀를 산란하게 만들었다. 여자는 귀 끝을 바짝 세워 천장에서 흘러들어오는 그 소리들을 포착하려고 애를 썼다. 그 덕에 잠은 달아났고 세 번이나 일어나 남편의 목에서 가래를 빼내야만 했다. 내친김에 어머니의 방에도 들러 욕창이 더 심해지지 않았나 살펴보고 몸을 여러 번 뒤집어주었다.

다음날 아침 여자는 주인집에 올라가보았다. 문은 굳게 잠겨 있었고 불은 꺼져 있었다. 계단을 내려오며 여러 가지의 정황을 생각해보았다. 주인 여자의 남편이 왔거나 아니면 수시로 드나들던 검은 세단을 몰던 남자들의 치정 싸움이거나 아니면 그녀의 오빠거나, 뚜렷한 답은 없었다. 그때 마침 핸드폰이 울렸다. 구청 복지과 직원의 전화다. 노인 간병 대기 순서가 왔는데요. 여자에게는 구원의 전화다. 내일부터 노인 간병 도우미를 보내줄 수 있다고 한다. 어머니의 간병 문제는 기다린 보람이 있었다. 하지만 간병 도우미가 남편까지 돌봐줄 수 있는 건 아니다. 여자는 불현듯 뭔가 떠오르는 그림이 있었다. 잠시 생각에 잠기다 갑자기 핸드폰의 번호를 꾹꾹 누른다. 여보세요, 거기 간병인협회죠. 간병인 자격증이 있는데 일을 한번 해보고 싶어서요. 경험은 있나요? 두 명의 환자를 간병한 경험이 있거든요. 회비만 내면 당장 일자리를 알선하는 건 어렵지 않죠. 늘 간병인이 부족해서

요. 더구나 젊은 분은 언제든지 환영이죠. 여자의 표정이 이내 밝아진다. 저…… 내일부터 다른 간병인을 집으로 보내주세요. 남자분의 간호를 맡을 입주 간병인으로요. 환자분이 제 간병에 이제 싫증이 났거든요. 여자는 전화를 끊고 왠지 홀가분해진 기분을 느꼈다. 남편과 어머니에게 남아 있는 마지막 정마저 빼앗기고 싶지 않은 최선의 선택이었다. 그들의 장례를 손수 치러주고 양지바른 곳에 수목장으로 영혼을 모시고 싶었다. 이제 간병인이라는 직업은 자신이 세상에서 가장 익숙하게 할 수 있는 일이 되어버렸다. 여자는 이제 그들을 집에 놔두고 자신만의 시간 속으로 들어갈 직업인의 꿈을 꾸어본다. 앞으로 이 집을 두 시간이 아닌 오랜 시간 동안 비울 수 있게 되었다. 여자는 마음 깊은 곳에서 튀어오르는 울렁거림을 안고 방으로 들어가 병원에서 지낼 만한 간단한 옷가지를 붙박이장에서 꺼내 챙겼다.

헤라클레스를
훔치다

당신이 '헤라클레스'를 만난 건 성남 사거리 2층 '바나나 몰'이란
성인용품 카페였다. 후미진 구석에서 조용히 침묵하고 있는 그를 당
신은 한눈에 알아봤다. 그 순간 당신은 마음의 출렁거림을 느꼈다. 그
의 눈빛은 공허하지만 한편으로 따뜻함을 숨기고 있었다. 이름과는
달리, 앉은키가 당신의 허리쯤 되는 것으로 보아 짧은 하체를 가지고
있는 게 분명했다. 오히려 그 점이 마음에 들었다. 정상적이지 않은
신체를 가진 그의 슬픔이 어쩐지 당신과 닮아 있는 듯했다. 그런 그
가 영원히 당신을 지켜줄 거라는 생각이 들었다. 어쩌면 이게 마지막
일지도 몰라. 당신은 혼자 중얼거린다. 당신이 그에게 조심스럽게 접
근한다. 헤라클레스? 재미있는 이름이네요. 한동안 얠 찾는 여자들이
가끔 있었는데 주피터가 들어오고부터는 완전 찬밥 신세죠. 더구나
쟤는 반품이 두 번이나 돼서 지금은 아주 헐값이 되고 말았어요. 주인
은 헤라클레스를 포장도 하지 않은 채 카페 구석 선반에 방치했다. 그

는 손님이 많지 않은 카페에 붙박이처럼 오도카니 앉아 1년이 넘도록 누군가를 기다렸던 게 분명하다. 카페 안의 조명등은 조도가 낮아 얼굴을 구석구석 살펴보기엔 너무 어두웠지만 상체의 근육이 조밀조밀한 게 힘이 느껴진다. 드러난 하체에 우뚝 솟아 있는 진동 딜도가 그가 남자라는 걸 확인시켜준다. 카페 안에서 차를 마시며 이런 자위기구들을 호기심 어린 눈으로 구경하는 특별한 취미를 가진 남녀들이 드문드문 눈에 띈다. 재미있는 공간이기는 하지만 물건을 팔기엔 너무 적적하고 고독하다. 빛과 어둠이 교미하듯 엉켜 있는 카페는 햇빛을 싫어하는 자들이 은둔하기 좋은 장소다. 손님들은 진열장에 전시되어 있는 물건들을 유심히 보았다가 주문은 인터넷 몰에서 주로 한다고 주인 남자는 말한다. 애들 눈치 보느라고 어른들이 제대로 된 장난감 하나 가지고 놀 권리조차 없으니…… 하며 혼잣말로 투덜대기도 했다.

당신은 언제부턴가 완벽한 동거를 꿈꿨다. 동거할 대상을 꿈꾸던 중, 성인용품 판매도 하며 커피도 마실 수 있는 바나나 몰이란 카페에 우연히 들르게 되었다. 바로 이곳에서 헤라클레스를 발견했다. 믿음이 가는 이름이다. 오리엔트 리얼 돌. 신장 130센티, 14킬로그램, 바스트 80센티. 남성 인형이다. 그는 여자가 원하는 체위대로 모든 걸 완벽하게 해줄 수 있다는 장점을 가졌다. 배신할 줄 모르는 마음을 가졌다는 점, 한번 인연을 맺으면 여자가 쫓아내기 전에는 절대 한눈을 팔지 않는다는 점, 마지막으로 여자의 돈을 탐내지 않는다는 점, 그 모든 점이 당신의 마음을 끌었다. 당신은 이 카페에서 그다지 주목을 받지 못하는 그가 자꾸 신경이 쓰였다. 그를 보기 위해 당신은 여러 번 이곳에 들렀다. 그가 탐이 났지만 70만 원이라는 높은 가격에 늘 바라만 볼 뿐이었다. 한 달 전부터 집주인 여자의 방 빼라는 독촉에 시달리는 당신은 헤라클레스를 살 수 있는 돈이 없다. 하지만 오늘은 무슨 일이 있어도 헤라클레스를 집으로 데려가고 싶다.

콜록콜록, 당신의 기관지 협착증 증세가 날이 갈수록 심해진다. 헤라클레스와 함께 지낸다면 이 고질병도 나을 것만 같다. 당신은 그동안 카페를 드나들면서 종업원이 없다는 사실을 알았다. 당신은 주인 혼자서 카페에 오는 손님들에게 차도 내오고 상담도 해준다는 걸 기억했다. 오늘은 다른 날과 달리 당신도 주인에게 차를 주문한다. 당신은 주인 남자가 내오는 차를 마시며, 그의 행동을 한동안 주시한다. 주인 남자는 때론 주방에 들어가 차를 내오기도 하고, 간간이 손님들과 마주 앉아 상담도 한다. 당신은 차를 마시며 헤라클레스를 뚫어지게 바라본다. 성인용품 카페라는 곳은 남쪽에서도 은밀하고 낯선 장소였다. 남한에 와서 밤거리를 돌아다니다 컴컴하고 후미진 구석에 경광등을 켜놓은 작은 봉고 차량들을 본 적이 있다. 차 안에서 판매하는 희한한 물건들을 남한 사람들은 어디에 쓰는지, 탈북자들끼리 모여 그 낯선 물건들에 대해 궁금해했었다. 그 물건들의 용도를 나중에 알고 얼굴이 불그레해졌던 당신이었다. 그런데 이제는 성인용품 카페까지 당당히 드나들 정도로 남한 사회에 적응을 하고 있다고 당신은 생각했다. 하나원에서 나올 때만 해도 당신은 두려움이 많았다.

4년 전 하나원에서 퇴소한 뒤, 당신은 배정받은 집에 짐을 풀었다. 방은 도배도 되어 있지 않았고, 생각보다 누추한 곳이었다. 정착금으로 받은 돈도 있고 기초 생활 자금이 매달 나온다는 사실에 다소 안도

했으나, 새로운 생활에 적응하는 게 쉽지는 않았다. 동네 지리를 알 수 없어 길을 헤매기 일쑤였고, 남한 돈에 대한 개념이 없어 계획성 없이 물건을 구매해 낭패를 보기도 했다. 하루가 다르게 쏟아져 나오는 새로운 물건들도 당신에겐 스트레스였다. 북한에서는 상품의 유행이 그렇게 빠르게 바뀌지 않는데 이곳의 매장들은 늘 새로운 것들 일색이었다. 다른 탈북 친구들은 북한에서 보지 못한 신기한 상품에 한동안 정신이 팔려 시간을 보냈다. 당신은 그런 시간을 함께 보내면서도 늘 북에 두고 온 가족이 마음에 걸려 내키는 대로 돈을 써보지도 못했다. 관절염을 심하게 앓고 있는 엄마는 탈북한 딸을 얼마나 애타게 기다리고 있을지, 남동생은 누나의 탈북을 원망하는 건 아닌지 늘 걱정이었다.

몇 개월간은 정신없는 시간들이었다. 함께 탈북한 친구 숙이는 중국에서 만난 가짜 여권을 알선해준 남자와 함께 살림을 차렸고, 당신은 1년 동안 식당에서 시간제 아르바이트 서빙만 해왔다. 시간이 지날수록 남쪽에 있는 같은 또래의 여자들과 비교가 되었다. 목욕탕에 가서 보면 어딘지 모르게 축 처진 볼과 미간의 주름까지, 당신은 몇 살은 더 위로 보였다. 또 남쪽에 오고부터는 물이 달라져서 그런지 늘 속이 메슥거리고 어지러웠다. 병원에 가서 진찰을 해보니 탈북 과정에서 체력이 너무 소모되어 생긴 환경에 대한 스트레스라고 했다. 당신은 젊은 나이에 식당에서 평생 서빙만 하며 시간을 보낼 수는 없다는 생각이 들었다. 제대로 된 전문적인 일자리를 알아보려고 이곳저곳을 다녀보았다.

처음에는 북한에서 무용전문학교를 나온 이력으로 작은 무용학원에 면접을 갔다. 초등학생들을 가르치는 학원이어서 기본기를 익혀주는 것이라 무리가 없었다. 원장은 탈북자라는 사실을 꺼려했지만, 수습 기간을 한 달간 주며, 정식 채용을 고려해보겠다고 했다. 어린 학생들은 안녕하세요? 하는 당신의 높고 억센 억양을 처음에는 신기해하며 그런대로 당신의 말을 따라주는 척했으나, 시간이 지날수록 시큰둥해하며 신뢰하지를 않았다. 학부모들이 북한에서 배운 무용 테크닉을 가르치는 게 아니냐며 의혹의 눈초리도 보냈다. 원장은 보름이 지났을 무렵, 강사료라며 얼마 안 되는 돈을 봉투에 넣어 당신에게 건넸다. 이북 사투리가 학생들에게 거부감을 준다는 사실 알아요? 우선 서울말부터 배워서 취직을 하는 게 좋을 것 같네요. 생각지도 못했던 이북 억양이 문제였다. 당신은 말투가 일자리를 얻는 데 걸림돌이 된다는 사실을 알고 스트레스를 받았다. 그후 남쪽 사람들과 접촉할 일이 있으면 자연스럽게 목소리가 작아졌고 떨렸다. 사람들이 당신만 바라보는 것 같아 숨고 싶었다. 이북 사투리를 입에서 지우기 위해 처음에는 티브이를 보면서 아나운서의 말씨와 드라마의 생활 말씨를 구별해 녹음을 해서 들었다. 함경도 억양은 단어의 첫 음절을 높였다가 점차 내려간다. 하지만 서울말은 첫 음절을 중간 톤으로, 둘째 음절을 급격하게 높였다가 점차 내리면서 끝에선 애교스럽게 흘렸다. 당신은 전철 안에서나 길을 걸을 때도 연습을 했다. 하지만 30년 동인 배인 이북 말씨는 하루아침에 고쳐지질 않았다. 당신은 남쪽 여성들처럼 세련되고 당당한 말씨로 어깨를 나란히 겨누고 싶었다. 가끔씩 친구 숙이가 집에 놀러 와 딸아이 자랑을 할 때가 있었다. 돌이 지나 말을 배울 무렵 딸아이의 "엄마 밥 주세요"라는 또랑또랑한 서울 말씨에 감격했던 숙이. 아직도 급하면 이북 말이 먼저 튀어나오는 그녀는 엄마보다 이 애가 정착을 더 잘 해낼 것 같애, 라며 미소를 짓곤 했다. 당신은 그 아이를 보면서 나도 매끈한 서울말을 잘할 수 있는 날이 있을까 싶어 애가 타기도 했다.

　카페에 다정한 연인으로 보이는 남녀가 들어온다. 둘은 물건들이 신기한지 한참 동안 진열된 성인용품을 찬찬히 살펴보았다. 여자가 먼저 구석에 있는 헤라클레스를 보더니 남자를 쿡쿡 찌른다. 이 인형 신기하지? 다리도 잘리고 좀 흉측하지 않아? 저런 인형 가져다 남자라고 끼고 자는 여자들도 있나봐. 그런 소리 하지 마. 자기는 남자들이 늘 쫓아다니니까 저런 인형이 필요 없겠지. 하지만 저 인형이 절실한 여자들도 세상에는 많다구. 남자는 인생에 대해 뭔가 아는 것처럼 여자에게 말한다. 여자는 생글거리며 남자와 맞은편에 진열된 물건들 쪽으로 간다. 콧망울이 돌출되고 이마가 동그란 여자는 세상살이에 단 한 번도 지쳐본 경험이 없는 듯 해맑다. 이곳에 오는 사람들은 두 가지 부류가 있어요. 성을 누구보다 적극적으로 즐기려는 사람과 소외되어 오는 사람들이죠. 당신이 이곳에 처음 왔을 때 카페 주인이 했던 말이다. 두 남녀는 첫번째 부류인 것만은 분명하다. 당신은 여자가 헤라클레스를 별로 좋아하지 않는다는 사실에 안도한다. 남녀는 어느새 주인과 구석 테이블에서 새로운 물건을 꺼내들고 설명을 듣고 있다. 이거요? 여자를 천국으로 데려간다는 낙타 눈썹이에요. 창 주변에서 커피를 마시던 남자가 주인의 말에 솔깃한지 갑자기 일어나 남녀가 있는 자리로 다가간다. 정말이에요? 남자는 낙타의 눈 주변을 도려낸 듯한 원형의 검은 낙타 눈썹을 만져보며 점점 눈이 커진다. 주인 남자는 손님들의 반응이 뜨겁자 신이 나는지 목소리를 한 옥타브 높인다. 낙타란 놈이 평생 모래언덕만 보고 자란 놈 아닙니까, 눈썹이 없으면 사막의 거친 모래바람을 맞으며 걸을 수 없거든요. 이 긴 속눈썹이 낙타의 눈을 보호하는 중요한 기능을 하는 거죠. 그런데 신기한 건 이렇게 부드러운 속눈썹이 여자의 몸속에 들어가기만 하면 빳빳해지면서…… 당신은 주인 남자의 목소리를 테이블 너머로 들으며, 불현듯 속눈썹을 도려낸 낙타가 모래 알갱이를 맞으며 거대한 사막을 걷는 모습을 떠올렸다. 슬픔도 아픔도 까맣게 잊은 채 내리쬐는 불볕에 등을 태우면서도, 신음 소리 한번 내어보지 못하는 낙타. 낙타는 끝내 사막의 한가운데를 벗어나지 못할 것이다. 주인 남자는 이제 또다른 물건들을 꺼내놓고 들뜬 목소리로 더욱 설명에 몰두한다. 이때다. 당신은 슬며시 일어나 헤라클레스 쪽으로 다가간다. 조심스럽게 걸음을 옮기며, 주인 남자를 힐끔힐끔 돌아본다. 주인 남자는 여전히 손님들에게 둘러싸여 당신의 존재 따윈 관심이 없다. 당신은 재빠르게 헤라클레스를 품에 안고 황급히 카페 문을 열고 나온다. 계단을 내려오면서 당신은 뒷목이 당기는 듯한 뻐근함을 느낀다. 주인이 당장이라도 불러 세울 것 같고, 또다른 누군가는 당신의 가녀린 팔에 안겨 있는 헤라클레스를 낚아챌 것 같다. 주인은 아직도 손님들에게 둘러싸여 헤라클레스가 사라진지도 모를 것이다. 이 카페에서 헤라클레스는 늘 소외되고 존재감이 없었다. 당신은 계단 아래로 부리나케 내려와 주택가로 정신없이 뛴다. 카페가 있는 반대 방향의 주택가를 지나 다시 2차선 도로가 보인다. 마침 서 있던 택시 한 대를 잡아타고서야 당신은 겨우 마음을 놓는다. 영문을 모르는 운전사는 힐끔힐끔 뒤를 돌아보며 당신이 안고 있는 벌거숭이 인형에 눈길을 준다. 하지만 당신은 아랑곳없이 오로지 헤라클레스를 놓칠세라 빈약한 가슴에 꼭 껴안는다. 이윽고 구민회관이 보이는 집 근처에서 내린다.

구민회관에서는 탈북자들을 위로하는 행사가 종종 있었다. 탈북자 모임에서는 무용이나 노래 따위를 했던 사람들끼리 모여 '물동이 춤'과 '목동과 처녀'라는 전통 무용을 선보였다. 당신이 얼마나 서보고 싶었던 공연 무대였는지 모른다. 신명나게 춤을 추었던 당신은 사이키 조명 아래에서 몸을 움직일 때마다 강렬한 삶의 희열을 느꼈다. 아코디언 연주와 가야금 연주 등 다양한 예술 공연에 남쪽 주민들과 탈북자들은 하나가 된 듯했다. 공연이 끝난 후 남쪽에서 공연 예술단을 기획한다는 실장이란 사람이 무대 뒤로 찾아왔다. 실장은 북한 예술단의 공연은 이곳에서는 흔히 볼 수 없다며, 한번 해봄직한 사업이라고 제안을 했다. 당신도 내심 남쪽에서 전공을 살린 일을 해보고 싶었다. 북한에서도 늘 만수대 예술극장에 서는 게 꿈이었다. 그후 탈북자 몇 명과 함께 실장을 만났고 아리랑 예술단을 창단하기로 했다. 하지만 당신과 단원들이 주주가 되는 것이기 때문에 법인체를 만들려면 투자금이 필요했다. 그동안 변변한 직업을 구하지 못한 상황이라서 실장의 말은 더욱 설득력이 있어 보였다. 누구 눈치볼 것 없이 우리가 주주가 되어 수익을 내면 되겠다는 생각이 들었다. 어차피 이곳에서 일을 하려면 남쪽 사람을 끼고 해야 한다는 의견도 많았다. 탈북자들에겐 주주라는 개념이 생소해 이해가 안 되는 점들도 있었다. 하지만 실장이란 사람이 남쪽에서 전문적으로 공연 기획 일을 많이 해본 사람이라고 하니까 차츰 믿음이 생겼다. 실장은 탈북자들에게 언제나 자상했다. 컴퓨터가 익숙지 않은 사람에게는 늦은 시간이라도 망설이지 않고 집까지 방문해 자상하게 가르쳐주었고, 정부를 대상으로 지원받아야 하는 서류 심사는 늦은 시간까지 쫓아다니며 친절하게 처리해주었다. 당신과 몇 명의 단원들은 실장을 신뢰하게 되었고 3천만 원씩 투자하는 것에 동의했다. 돈 관리는 당연히 실장에게 맡겼다. 공연에 필요한 연습실부터 공연 스케줄, 이동하는 데 필요한 차량까지 다 실장이 알아서 해야 하는 상황이었다. 그러면서 자연스럽게 실장과 자주 어울리게 되었다. 그동안 탈북하면서 받은 스트레스와 긴장이 늘 당신을 억눌렀다. 실장은 그런 감정들을 스프링처럼 튀어오르게 하는 힘이 있었다. 두려웠던 남쪽 생활에 뭔가 자신감이 생기는 것 같았다. 그의 입에서 나오는 말은 모두 진심 어린 애정으로 들렸고, 그가 건네는 술은 달콤한 과일 같았다. 실장이 당신의 손을 잡아주면 그 손이 너무 따뜻해 영원히 놓고 싶지 않았다. 찌르르찌르르 알 수 없는 전기가 당신에게 흐르는 느낌이었다. 실장이 당신에게 건네는 말은 무뚝뚝하지 않았다. 사탕을 물고 있는 것처럼 실장의 말이 가슴에서 녹았다. 실장이 남자로 끌렸던 이유는 무엇보다 부드러운 서울 말씨와 주도적이면서 안정감을 주는 목소리 때문이었다. 북쪽 여자는 처음인데 떨리네. 뭐랄까 소향인 꼭 깊은 산속에서 막 튀어나온 순록 같다고 할까. 남한 여자들은 너무 인공적이라 소향의 매력을 감히 흉내낼 수도 없지. 이제는 아무 걱정하지 마. 실장의 말을 들은 순간 탈북의 고단함이 한순간에 녹는 것 같았다.

실장과 몸을 섞던 날, 당신은 부끄럽게도 미친 듯이 실장을 끌어안았다. 그의 입맞춤이 너무 감미로워 밤새 입을 떼고 싶지 않았다. 실장은 덜 익은 과일을 만지듯 당신의 몸을 구석구석 감싸안았다. 당신이 먼저 흥분이 되어보기는 처음이었다. 그동안 당신과 남자들의 관계는 감정이 배제된, 살기 위해서 선택해야 하는 수치스러운 거래였다. 당신은 실장의 눈과 코와 입과 가슴을 손가락으로 쓸어내리며 사랑의 달콤함에 빠져들었다. 당신은 그의 품에 오래도록 안기고 싶어 그가 집에 오는 날이면 어김없이 옷가지를 개어 옷장 속에 넣어두었다. 하지만 그는 일이 끝나면 서둘러 옷을 입고 냉정하게 집으로 가버렸다. 그럼에도 불구하고 당신은 스스로 위로했다. 그의 여자가 되었다는 사실 하나만으로 행복했다. 또 한편으로는 남쪽 남자를 애인으로 두었다는 게 큰 위안이 되었다.

택시에서 내린 당신은 따가운 햇살이 부담스러운지 야윈 얼굴을 바닥으로 떨어뜨린다. 당신은 여전히 헤라클레스를 놓칠세라 꽉 안고, 불안감에 연신 뒤를 돌아본다. 허름한 다세대주택 지하로 내려가는 계단 앞에 당신은 선다. 계단으로 내려가는 지하는 깊은 동굴처럼 어둡다. 열두 개의 계단을 힘겹게 내려가면 밤색 알루미늄 새시 문이 당신의 손길을 기다리고 있다. 당신은 문을 열고 들어가 불안한 기색으로 주위를 살피며 문고리를 잠근다. 열 평 남짓한 지하 방은 낮에도 불을 켜지 않으면 부엌과 화장실로 가는 방향을 잃어버리기 일쑤다. 아직 해가 기울지 않았는데 방 안은 어둡다. 당신은 스위치에 손끝을 댄다. 백열등이 깜박거리기를 두 번. 힘겹게 불이 켜진다. 불이 켜지자 당신은 눈을 찡그린다. 지하실의 눅눅함이 끈적끈적하게 당신의 피부에 닿는다. 빛이라고는 작은 상자만한 쪽문을 열고 닫을 때만 유일하게 볼 수 있다. 부엌 선반 한쪽에는 감자에서 돋은 싹이 천장까지 휘감고 있고, 오래된 카세트 라디오는 선반 문짝에 위태롭게 매달려 있다. 싱크대 선반 위엔 버캐가 낀 종지 위로 날파리들이 아른아른거린다. 부엌 한 귀퉁이 쪽으로 가재도구와 옷가지들이 흙물을 뒤집어쓴 지 오래되었는지 시커멓게 뒹굴고 있다. 지난여름 장마에 하수구 물이 역류해 당신의 지하 방을 집어삼키고 말았다. 당신은 망연자실한 채 살림도구들을 정리할 생각도 하지 않고 처박아두었다. 숨을 쉴 때마다 곰팡이의 습한 기운이 목을 타고 느껴진다. 이 방의 냄새는 이제 당신의 체취가 되어버렸다. 당신은 안고 있던 헤라클레스를 바라보며 안도의 숨을 내쉰다. 이제 집에 다 왔어. 걱정 마. 여긴 내 집이라 아무도 올 수 없어. 근데 방에 들어가기 전에 할 일이 있거든. 이때 좀 봐. 얼마나 목욕을 안 했으면…… 당신은 헤라클레스를 화장실로 데려가 먼저 페니스에 접합된 진동 딜도를 빼내 쓰레기통에 거칠게 던져버린다. 당신에게 진동 딜도란 아무 쓸모없는 고철 덩어리일 뿐이다. 당신은 납작한 비누 조각을 찾아 실리콘 몸 위에 문지른다. 부드러운 가슴 근육이 남자의 속살처럼 단단하고 부드럽다. 당신은 실리콘 페니스의 주름 사이로 톡톡 불거진 힘줄을 지그시 쓰다듬어본다. 말캉말캉한 표피 속에서 정액이 콸콸 뿜어져 나올 것같이 팽팽하다. 당신은 그의 몸이 뽀득뽀득해지도록 수건으로 말끔히 닦아 방으로 데리고 들어간다. 벽 쪽으로 범람의 흔적으로 보이는 검은색 몰곰팡이가 거뭇거뭇 드러나 있다. 낡은 비닐 장판은 습기 때문에 틈새가 불룩불룩 튀어나와 흉물스럽다. 이 방과 어울리지 않는 물건이 있다면 벽에 걸어놓은 부채춤을 추었던 당신의 공연 사진일 것이다.

방 한가운데의 앉은뱅이책상에는 발레 인형 오르골이 놓여 있다.

남한에서 처음으로 산 물건이었다. 태엽을 돌린 후 피아노 선율에 맞춰 발레 소녀의 몸이 뱅글뱅글 회전할 때면 당신은 발레 인형이라도 된 듯한 착각에 종종 빠지곤 했다. 자기야, 이 방 마음에 들어? 오늘부터 자기하고 같이 살 방이야. 너무 좁다구 불평하지 마. 어쩔 수 없어. 내가 가진 건, 나라에서 나오는 지원금 30만 원이 고작이야. 아무것도 없다구. 그래도 괜찮지? 돈 없다고 나 떠나지 않을 거지? 자기도 너무 불안해하지 마. 다시 반품되는 일은 없으니까. 그 표정은 뭐야? 못 믿겠다는 표정이네. 내 가슴에 손을 대봐, 가슴이 두근거리지. 이건 내가 자기를 좋아한다는 증거야. 당신에게 그동안 반품되며 헤라클레스가 받은 마음의 상처가 고스란히 느껴진다.

작은 창 밖으로 보이던 해가 먹장구름 속으로 숨어버렸을 때, 당신은 오랜만에 누군가를 위해 정성껏 저녁밥을 짓기로 한다. 당신은 낡은 카세트테이프를 녹음기에 넣고 북한 가요를 틀어놓는다. 지하 방에서 음악 소리가 나는 건 오래간만의 일이다. 녹음기에선 〈진달래 필 때까지〉라는 가요가 청승맞게 흐른다. 당신은 흙물을 뒤덮어쓴 이 빠진 뚝배기를 들어 개수대로 가져와 수세미로 박박 닦는다. 찌걱찌걱대는 싱크대 선반에서 양은그릇을 꺼내 쌀을 씻고 난 후, 쌀뜨물을 뚝배기에 붓고 된장을 풀어 가스레인지에 불을 켠다. 아침에 작은 트럭에서 사둔 두부 한 모를 깍둑썰기를 해 뚝배기에 넣는다. 키 작은 냉장고 야채 칸에서 말라 비틀어져 물기라곤 찾아볼 수 없는 파를 꺼내 플라스틱 도마 위에 올려놓고 썬다. 당신은 그것만으로 아쉬운 듯 선반을 타고 올라가는 감자의 푸른 싹을 칼로 도려내고 감자를 또각또각 썬다. 뚝배기에서 보글보글 끓어오르는 찌개는 이내 거품이 일어

픽픽 소리를 낸다. 불지도 않은 쌀을 손때 묻은 전기밥솥에 넣고 물을 맞춘 뒤 스위치를 누른다. 찌개가 끓는 동안 당신은 방으로 들어가 14인치 텔레비전을 켜 그 앞에 헤라클레스를 앉힌다. 배고프지. 아직 저녁밥이 안 됐거든. 잠시만 이거 보고 기다려. 가스레인지 위에 올려둔 뚝배기에서 진한 된장의 냄새가 피어올라 방 안으로 스며든다. 당신은 찌개의 불을 줄이고 간을 본다. 그래, 마늘을 넣어야 되는데…… 당신은 다시 냉장고 속 작은 야채실을 뒤진다. 마늘이 있을 리 없다. 당신이 시장을 본 것은 2주일 전쯤이다. 당신은 찌개와 다 된 밥을 상 위에 놓고 반쯤 남아 있는 소주도 올려놓는다. 앉은뱅이책상은 금세 소박한 밥상으로 바뀐다. 자기 데리고 오는 날이라 경황이 없어 반찬 준비를 못 했어. 내일부턴 신경쓸게. 첫날이니까 봐줘. 당신은 애교스러운 말투로 그의 서운한 마음을 달랜다. 그는 신경쓸 필요가 없다는 듯이 과묵하기만 하다. 당신은 그의 수저에 김이 솔솔 나는 방금 건진 두부를 놓아준다. 참, 우리 건배는 해야지. 살림 차린 첫날이잖아. 당신은 소주를 헤라클레스에게 따라주고는 잔을 부딪친다. 오랜만에 느끼는 행복이다. 소주를 쭈욱 빨아들이자 그동안의 피로가 가시는 것 같았다.

당신은 밥상을 물리고 설거지를 마친 후 피곤함이 밀려오는 것을 느낀다. 헤라클레스를 데려오는 데 너무 긴장을 한 탓이다. 당신은 한 평 남짓한 화장실로 들어가 칫솔모가 닳은 칫솔로 이를 닦고 옷을 벗는다. 옷 사이로 살비듬이 눈처럼 떨어진다. 물기가 언제 닿았는지 모르게 하얀 각질이 당신의 다리와 팔 사이를 휘감고 있다. 당신은 쭈그리고 앉아 메마른 몸에 정성껏 비누질을 한다. 마지막 물을 온몸에 시원하게 끼얹은 후, 새 수건을 펴 물기가 남지 않도록 꾹꾹 눌러가며 몸을 닦는다. 화장실에서 나와 방으로 들어가기 전, 당신은 미리 사두었던 엷은 핑크 계열의 실크 슬립을 꺼내 갈아입는다. 방으로 들어서서 방 귀퉁이에 말아놓은 눅눅한 캐시밀론 이부자리를 깔고, 그저 말없이 앉아 있는 그를 요 위에 눕힌다. 당신은 그의 얼굴과 가슴을 찬찬히 내려다본다. 배에서 골반으로 내려가는 활 모양의 복근을 당신의 손끝이 따라간다. 탄력 있는 살결을 따라 내려간 곳은 성감을 자극하는 골반 근육이다. 당신의 손끝이 군살이 오르는 옆 허리 쪽을 훑은 뒤 다시 요추에서 흉추로 올라오지만 당신의 하추 모세혈관들은 꼼짝을 안 한다. 혈관에서 요동치는 피가 다 말라 비틀어진 것처럼. 손끝이 그의 은밀한 곳까지 내려간다. 그는 당신의 손이 페니스에 닿는 걸 거부하지 않는다. 그의 페니스는 납작한 배 위로 불룩 솟아 빳빳하게 서 있다. 딜도를 빼낸 페니스는 당신의 손길이 닿는 방향대로 자유자재로 휘어졌다. 당신은 낮은 목소리로 속삭인다. 그대로 가만히 있어. 그래 그래, 얌전히, 좋아. 자긴 나에게 아무것도 원하면 안 돼. 내가 바라는 건 딱 한 가지야. 내 옆에 있는 거, 그뿐이야. 당신은 불룩 솟아오른 그의 페니스에서 천천히 손을 뗀다. 그러고는 불현듯 뭔가가 생각이 나는지 자리에서 일어난다. 담뱃진이 누렇게 찌든 손가락으로 담배를 한 대 꺼내 물고 라이터 불을 붙인다. 한동안 잊어버렸던 기억의 조각을 되찾은 듯 당신은 갑자기 불쾌해진다. 쿨럭쿨럭, 기도가 막힐 것같이 고통스럽게 숨이 차오른다. 당신은 주머니에서 벤톨린을 꺼내 쌕쌕거리는 입에 물고 흡입한다. 기관지 협착증에 천식까지 겹친 건 엄마의 체질을 유난히 빼닮았다. 기침이 잦아들 때쯤 당신은 수납장 위의 작은 상자를 연다. 바늘과 라이터, 겉 표면이 누덕누덕 벗겨진 루주, 손때가 탄 통장과 빛바랜 가족사진이 보인다. 당신이 청진예술학교에 입학하던 날 찍었던 사진이다. 그날 유난히 바람이 많이 불어 머리가 한쪽으로 쏠려 있다. 엄마와 동생이 입을 크게 벌리고 웃고 있다. 당신은 한동안 그 사진을 멍하니 바라본다. 이처럼 평화로웠던 시간들이 나에게 정말 있었던가, 꿈이었던 것 같다. 당신은 상자 안에서 바늘과 라이터, 루주를 꺼낸다. 긴 바늘의 무딘 끝이 까맣게 그을려 있다. 탁! 라이터를 켜자 푸른 불꽃이 올라온다. 바늘의 끝이 무뎌져 있지만 당신은 아랑곳하지 않고 불꽃에 바늘 끝을 댄다. 바늘 끝이 어느 정도 달궈졌을 때 당신은 그에게로 다가가 페니스를 손톱 끝으로 훑어내린다. 은밀한 흥분이 짧게 느껴진다. 당신은 달궈진 바늘 끝을 수직으로 세워 페니스를 잡고 수를 놓듯 한 땀 한 땀 이. 소. 향. 이란 이름을 점자처럼 찍어낸다. 자긴 이제 내 가족이야, 누가 뭐래도. 내가 외로울 땐 남편이 되기도 하고, 북쪽에 있는 동생이 생각나면 내 동생이 되는 거야. 엄마가 되기에는 조금 징그럽네. 그래도 이렇게 함께 있는 게 어디야. 이제 지긋지긋한 외로움은 끝났어. 당신의 손놀림은 여기서 멈추지 않고 빨간 루주의 뚜껑을 연다. 바늘 끝에 루주의 점액을 묻혀 골이 팬 홈에 스며들도록 꼼꼼히 채워 넣는다. 그는 숨소리도 미동도 없이 얌전히 누워 있다. 생기 없는 눈동사는 당신의 손에 체념한 포로처럼 보인다. 이제 자기는 나를 지켜줘야 할 의무가 있어. 자긴 내 거야. 이제 그 누구도 자길 가질 수 없어. 아무리 힘들어도……

벌써 세번째였다. 예술단원 중 한 명이 동거했던 남자가 도망갔다며 한숨을 내쉬었다. 남쪽 남자 만나 호강하는 일은 애저녁에 틀렸다. 그녀는 남쪽에서 자리잡은 토박이 남자를 하루빨리 만나 결혼을 해야 한다는 강박증에 시달리고 있었다. 아주 드문 일이지만 운 좋게도 남쪽 남자와 결혼하는 경우도 있었다. 하지만 대부분 2년을 넘기지 못했다. 그녀의 남쪽 남자들은 하나같이 북쪽 여자들에 대한 호기심으로 접근했다가 동거만 몇 개월 하고 정작 결혼은 거부했다. 그녀는 종종 남자와 다툼을 하고 나면 당신 집으로 달려오곤 했다. 내 목소리가 촌스럽다고 타박하고, 무뚝뚝하다고 듣기 싫다고 하니 어드러케. 처음엔 그게 매력이라더니 남쪽 남자들도 변덕이 심하다. 결혼이란 말만 꺼내면 아무 답이 없다 않니. 이게 참을 일이가. 술 있으면 내와보다. 울먹거리던 그녀는 밤새 술을 마시며 속상한 마음을 달래곤 했다. 하지만 당신은 중국에서 숨어 지내며 혼자 마시던 술버릇이 그녀의 발목을 잡고 있다는 생각을 종종 했다. 당신은 그래도 북한에서 무용전문학교까지 나왔고, 새벽까지 술 마시는 버릇도 없다. 남쪽 여자들처럼 예절도 밝아 남자에게 차이는 일 따윈 절대로 없을 거라고 스스로 확신을 했다. 하지만 당신도 마음에 걸리는 게 없는 건 아니었다. 가끔은 정말 실장이 당신을 사랑하는지, 그 마음을 확인할 수 없었다. 실장은 종종 당신의 집에 들러 녹진거리는 섹스를 한 후에도 자고 가는 법이 없었다. 노총각이라 집에서 기다리는 사람도 없을 법한데 꼭 기다리는 사람이 있는 것처럼 일이 끝나면 서둘러 옷을 챙겨 입고 지하 방을 나섰다. 당신은 늘 그 점이 마음의 체증처럼 개운하지 않았다.

그의 불룩 솟은 페니스에 주홍글씨처럼 선명한 당신의 이름이 붉은색으로 침잠되어 도드라졌다. 페니스에 새겨진 이소향이란 이름을 바라보며 당신은 흐뭇해진다. 남쪽으로 와 처음으로 소유한 온전한 당신의 남자였다. 그때였다. 쾅쾅쾅, 알루미늄 문이 심하게 흔들렸다. 당신은 조용히 일어나 현관문을 연다. 주인집 여자다. 여자의 일자 눈썹이 심하게 꿈틀댄다. 여자는 허공에 대고 연신 손가락질을 해댄다. 방 빼란 지가 언제야. 오늘은 그냥 못 넘어가. 확답을 들어야지. 주인 여잔 당신의 팔을 우악스럽게 끌고 방으로 들어간다. 에구머니나. 이게 뭐야? 방으로 들어선 주인 여자는 순간 방 안에 덩그러니 누워 있는 헤라클레스를 보고 기겁을 한다. 그의 길고 우람한 페니스가 방 한가운데서 바벨탑처럼 빛이 난다. 해괴망측도 해라. 말로만 듣던 여자들 그 이상한 인형 아냐? 허이고, 세 밀린 지가 1년이 넘어가는데 저 따위 인형 살 돈은 있나보지. 월세도 못 내는 주제에 할 건 다 하고 사네. 기막혀라. 당신은 당황한 기색도 없이 무표정하게 바닥만 내려다본다. 입이 있으면 말을 해보라구. 탈북자라고 봐주는 것도 하루 이틀이지. 그렇게 틀어박혀 있으면 누가 밥을 주길 해 옷을 주길 해. 여하튼 더이상 봐주는 건 곤란해. 방 빼달라고 여러 번 독촉했는데도 못 알아들으니 원. 나중에 내 원망하지는 말라구. 여자는 방을 나서며, 호기심 어린 눈으로 힐끔힐끔 헤라클레스에게서 눈길을 거두지 못한다. 여자의 문 닫는 소리가 꽝 하고 공허한 지하 방을 차갑게 울린다.

뭔가 잘못 안 거 아니네? 단원들이 연습실로 몰려와 수군대는 소리를 딩신노 늘었다. 공연을 며칠 앞둔 상황이었다. 사실이 아닐 거라고 당신은 생각했다. 단원들도 혼란스러웠다. 사정이 있는 거 아니래? 늘 탈북자들의 걱정을 많이 해주던 사람이었다. 남쪽에서 빨리 여러분들이 자리를 잡도록 최선을 다하겠습니다. 사실 사변 때 이북에서

온 사람들은 빈손으로 왔지만 얼마나 생활력이 강한지, 지금은 다 거부가 되어 있어요. 알토란 같은 재산 일구며 이북 5도민으로 떵떵거리며 남쪽에서 기반을 다 잡았죠. 여러분들도 저만 믿으세요. 그렇게 말하며 탈북자들에게 희망과 신뢰를 주던 그였다. 당신은 매일 실장의 휴대폰에 전화를 걸었다. 정지된 번호라는 메시지만이 반복되었다. 단원들은 믿을 수 없다는 눈치였다. 우르르 모여 실장의 집을 쳐들어갔다. 실장의 주소에는 엉뚱한 사람들이 살고 있었다. 몰려갔던 단원들은 실장의 배신에 매치광이처럼 허둥댔다. 그 틈바구니에서 당신을 못 견디게 했던 건 실장의 거짓된 마음이었다. 당신에게만은 연락을 해야 하는 거 아닌가 하는 마음으로 혼란스러웠다. 또다시 혼자만이 겪어내야 하는 수많은 날들이 눈앞에 펼쳐지는 것 같았다. 지하실 방에서 사람의 훈기도 없이 지내야 하는 밤들도 두려웠고, 북쪽 사투리를 쓰는 당신을 바라보는 남쪽의 눈초리들도 무서웠다. 돈을 잃더라도 실장만은 잃고 싶지 않았다. 남쪽에서 처음 느끼는 훈기였다. 단원들은 실장을 잡는다고 혈안이 되었고 경찰에 신고도 했다. 당신은 실장이 잡히지 않았으면 하는 마음 때문에 내놓고 감정을 드러낼 수 없었다. 차라리 당신 집으로 실장이 숨어들었으면 하는 마음이 간절했다. 당신은 그에게 길들여졌다가 하루아침에 밖으로 내쳐진 애완견 같은 심정이었다. 밤이면 실장이 불쑥 문을 열고 들어올 것만 같아 잠을 이루지 못했고, 잠시 선잠이 드는 날이면 엄마와 동생이 안전원에게 끌려가 취조받는 꿈이 늘 당신을 괴롭혔다. 어느 때는 중국에서 숨어 지내다 매음굴에 팔려갔던 기억이 불쑥불쑥 꿈에서 나타났다. 당신은 그런 악몽에서 깨어나면 가쁜 숨을 내몰아쉬었다. 남쪽으로 새로운 삶을 시작하러 왔는데, 당신에게는 이곳이 이상하게 더이상 갈 곳 없는 종착역과도 같았다. 몸에서 무언가 쑥 빠져나간 느낌이었다. 당신은 한동안 넋이 나간 사람처럼 무기력하게 시간을 보냈다. 늘 집단생활에 익숙했던 당신은 홀로서기가 어렵다는 생각에 불안했다. 운명을 바꾸려고 탈북을 결심했는데 다시금 벼랑 끝에 서 있는 느낌이었다. 당신은 정신을 차려야 한다는 생각에 다시금 식당에 서빙 일을 나갔다. 하지만 북한에 있을 때부터 고질병이었던 천식이 점점 심해지는 게 문제였다. 쟁반에 음식을 나르고 있다가도 느닷없이 터져나오는 기침 때문에 손님들을 불쾌하게 했고, 한번 기침을 시작하면 멈추지 않아 당황스러웠다. 급기야는 사장이 넌지시 가게를 그만둬줄 것을 요구했다. 당신은 식당을 그만둔 뒤부터는 집 밖을 나서기보단, 집 안에 틀어박혀 있는 시간이 많아졌다. 혼자 마시는 술에 점점 익숙해져갔고, 눈물로 두 눈이 짓무르는 날이 많아졌다. 담배는 누군가를 기다리는 초조함 때문에 한 대 두 대 피우던 것이 이제는 천식 약처럼 되어버렸다. 더욱 심해지는 천식 때문에 북한에서 먹었던 말굽버섯을 구해와 종일 달여 마시기도 했고, 청대가루를 상시 복용했다. 하지만 당신의 몸은 하루가 다르게 수척해져갔다.

자, 이리 와. 오늘은 우리 서약식 하는 날이야. 자기도 그걸 원하지? 자긴 아직도 내 말을 못 믿잖아. 내가 자기를 바람시킬까봐 불안해하잖아. 남쪽에선 아주 중요한 약속은 꼭 신 앞에서 맹세를 하더라. 하나님이 우리의 증인이 되는 거야. 그래서 교회로 가려구. 근데 옷이 없네. 벌거벗고 갈 수는 없잖아. 하나님 앞에서 예의는 지켜야지. 당신은 헤라클레스가 옷 한 벌 없이 서약식을 한다는 게 왠지 마음에 걸렸다. 당신은 느닷없이 옷을 챙겨 입고 외출 준비를 한다. 헌옷 가게에 가서 근사한 남방과 바지를 구해야겠다고 마음먹는다. 방을 나서며 헤라클레스의 볼에 가벼운 입맞춤을 건넨다. 지루하겠지만 잠깐이면 돼. 당신의 야윈 얼굴에 화사한 웃음이 번진다. 집을 지키는 누군가가 있다는 게 든든하다. 지하실 밖으로 나오자 천식 때문에 늘 답답했던 가슴이 한결 숨쉬기가 편안해진다. 당신은 길을 걸으며 〈진달래 필 때까지〉를 흥얼거린다. 들판에 하나둘씩 진달래 필 때 봄날의 체온은 이 몸에 와 닿건만 이 가슴은 어찌하여 녹을 줄 모르고…… 당신은 이제 헤라클레스와 함께할 시간들을 꿈꾸어본다. 그와 함께 목욕도 하고, 따뜻한 공원에 나가 산책도 할 것이다. 이런 상상을 하며 걷는 동안 당신은 헌옷 전문 가게에 도착한다. 가게엔 몇몇의 손님이 옷을 고르고 있다. 당신의 손이 청색 남방과 흰 면바지를 매만진다. 면바지의 길이가 아동용으로 짧다. 이 정도면 헤라클레스의 다리를 감출 수 있다. 당신은 가게 주인 여자에게 5천 원을 내고 나온다. 그 옷을 헤라클레스에게 입힐 생각에 어깨를 넘실거리며 콧노래까지 곁들인다. 헤라클레스와 함께하는 동안 기침이 줄어들었다. 당신은 어쩌면 병도 나을지 모른다는 생각을 한다.

지하실 입구가 보일 때쯤 초라한 캐시밀론 이불과 너절한 살림살이들이 담 옆에 내팽개쳐져 뒹굴고 있는 게 보인다. 눈에 익은 것들이다. 당신은 누구의 짓인지 짐작이 간다. 주인 여자의 독촉이 당신의 귀에 걸린다. 당신은 나뒹구는 세간들 사이를 허둥지둥 살핀다. 헤라클레스! 헤라클레스가 보이지 않는다. 당신의 동공이 점점 커진다. 헤라클레스! 헤라클레스! 당신은 소리를 높여 그의 이름을 애타게 불러본다. 지하 방 입구로 뛰어들어갔지만 이미 새로운 자물쇠로 교체되어 있다. 당신은 작은 들창을 열어 지하실의 캄캄한 방 안을 들여다본다. 희미하게나마 빛이 들어오는 시간이었다. 아무것도 없어. 당신은 헤라클레스가 없다는 사실을 확인하고 지하 계단을 황급히 올라온다. 그러고는 주인 여자가 살고 있는 2층 계단으로 올라간다. 다급하게 현관문을 두드리는 소리에 주인 여자가 느릿느릿 문을 연다. 누구야? 헤라클레스, 헤라클레스 어딨어? 이게 무슨 소리야, 헤라클레스라니? 혹시 당신이 애지중지 하던 그 흉측스러운 인형? 아까 파출부가 짐 다 끌어내놨으니까 찾아봐. 없어! 없다구. 없으면 누가 집어갔나보지. 근데 인형 없어진 게 뭐 대수라고 이 난리야. 내가 뭐랬어? 험한 꼴 당하기 전에 집 비우라고 했지? 헤라클레스는 인형이 아니라 내 남자라구! 이소향이라고 이름까지 새겨놨잖아!

"이게 미쳤나. 인형을 사람이라고 하게. 허이고, 미친년이 따로 없네. 나라 세금은 저런 년들한테 퍼줄려고 있나. 내 앞으로 세금을 내나봐라. 이거 봐, 정신 차려. 남쪽두 돈 없으면 지옥이긴 마찬가지라구. 이런 거지꼴 할 거면 뭐하러 목숨 걸구 탈북했누."

주인 여자는 씩씩거리며 서둘러 문을 닫는다. 당신은 주먹을 꽉 쥐고 입술을 깨문다. 집 주변의 쓰레기봉투를 헤집으며 정신없이 뛰기 시작한다. 당신의 목에서 거릉거릉 소리가 나고 숨이 가빠오기 시작한다. 사도집이 보이는 골목 앞에 이르렀을 때 당신은 쌕쌕거리며 가슴을 쓸어내린다. 바지 호주머니에서 벤톨린을 찾아보지만 텅 비어 있다. 아, 흡입기를 방에 두고 나왔다. 당신은 심한 기침에 얼굴이 더욱 벌겋게 달아오른다.

전신주 옆 쓰레기 수거함 앞에 다다랐을 때 검은 물체가 불쑥 튀어
오른 게 보인다. 헤라클레스의 잘린 머리다. 눈은 움푹 패었고, 머리
통은 가위질로 짓이겨 형체를 알아볼 수 없이 잘렸다. 몸통에 달린 팔
의 접합 부분은 뜯겨져 몸속 부속물이 흉하게 너덜거린다. 그때 당신
에게로 털빛이 짙은 동네 개가 덜렁거리는 무언가를 물고 온다. 헤라
클레스의 페니스다. 페니스에 새겨진 이소향이라는 이름이 개의 날카
로운 이빨에 찢겨 너덜거린다. 헤……헤……라……클……레……
스. 당신의 숨은 가빠지면서 밭은기침이 멈추질 않는다. 당신의 얼굴
은 이제 붉다 못해 검은색으로 변해간다. 부들부들 떨리는 손이 담벼
락을 붙잡으려고 안간힘을 쓴다. 늑골 쪽으로 통증이 오면서 숨이 가
쁘다. 관자놀이가 경련하듯 후들후들 떨린다. 더이상 몸을 지탱하기
어려운 듯 두 다리가 바닥으로 맥없이 쓰러진다. 입에서는 붉은 피가
꾸륵꾸륵 터져나온다. 컹 컹 컹, 개 짖는 소리가 골목 전체를 뒤흔든
다. 이소향이란 붉은색 이름이 찢긴 실리콘 조각 사이사이로 보이며
당신의 눈앞에 너울너울 꽃잎처럼 아른거린다. 당신의 가느다란 팔이
아른거리는 조각들을 향해 뻗다 툭, 힘없이 떨어진다.

C동 301호

그녀의 방에는 언제나 바다가 있다. 그녀는 바다를 방 안으로 끌고 왔다. 그 바닷속에는 붉은 멍게가 산다. 파인애플처럼 표면에 젖꼭지 모양의 돌기가 튀어나와 있고 껍질 표면이 붉고 두꺼운 멍게는 수온 을 24도로 맞춰주어야 한다. 자웅동체로 알을 12,000개씩 낳을 수 있지만 그녀의 멍게는 알을 낳지 않는다. 언제나 죽어 있기 때문이다. 수심 6미터 이상에서 사는 멍게가 그녀의 수조 속에 살고 있다. 그녀 는 그 수조를 C동 301호라고 부른다. 그녀와 나는 열두 살 이후로 바 다에 가본 적이 한 번도 없다. 하지만 그녀의 바다에는 수평선도 있고 출렁거리는 파도도 있다. 그녀의 바다에는 물풀이 춤을 추고 허얀 거 품을 길게 베어 먹은 물거품도 있다. 그녀에게 바다는 경계도 아니고 이승도 아니고 저승도 아니다. 오늘 나는 그녀와 함께 바다에 가려고 한다.

벌써 세 시간째다. 크리오란 라텍스 전문점 안에는 그녀와 나 외에

분장사와 보조 분장사만이 자리를 지키고 있다. 마치 얼굴 박물관이라도 되듯이 그곳엔 얼굴 견본들이 긴 선반 위에 층층이 놓여 있다. 누구의 얼굴 모형인지 알 수 있도록 작은 표지판에 이름을 적어두었다. 미리 떠놓은 가면의 스프리트 고무에 물을 묻히고 그녀의 얼굴에 부착했다. 나는 며칠 전 이곳을 방문했다. 그리고 준비된 대야에 알린산과 칼륨염, 석고, 인산소다, 실리콘 혼합액을 섞어 넣고, 그 액체에 얼굴을 담갔다. 긴장을 완전히 푼 다음 고무관을 입에 물고 그 끝이 대야 바깥으로 나게 했다. 꽤나 참기 힘든 일이었다. 그렇게 얼굴 가면이 만들어졌다. 그 가면이 그녀의 얼굴에 부착되는 동안, 나는 닭살이 돋을 만큼 내 모습과 흡사해진 그녀를 보고 놀랐다. 분장사는 피부의 고랑 고랑까지 섬세하게 붓으로 음영을 줬다. 역시 쌍둥이라 얼굴형이 딱 맞춤이네요. 직접 와서 맞춘 것처럼 말이에요. 통기성이 문제가 되긴 해도 이 정도면 어딜 나가도 사람들이 눈치 못 채요. 분장사의 말에 그녀는 묵묵부답이다. 이제 마지막 코스인 머리 손질만 남았다. 듬성듬성 비어버린 두피에 부분가발로 머리 모양을 잡아주었다. 네 시간 만에 그녀의 분장은 거의 끝나갔다. 그녀는 거울을 들여다보며, 뒤틀린 손가락으로 머리를 매만진다. 나는 그녀의 뒤로 느릿느릿 다가가서 그녀가 보고 있는 거울을 바라본다. 거울에서 바라본 그녀와 나는 정말 똑같이 생긴 얼굴이다. 완벽한 재현이다. 그녀는 피부에 영혼이라도 있는 사람처럼 멍하니 한동안 거울만 응시한다. 라텍스 가면은 그녀를 더욱 얼음처럼 차가운 표정으로 만들었다. 몇 년 만에 복원된 얼굴인가. 가면 속에 숨겨진 그녀의 표정을 알 수는 없었지만 분명 만족해할 것이다. 어때, 감쪽같지. 생일 축하해. 나는 그녀의 생일

선물로 라텍스 분장을 해주기로 했다. 거금 120만 원이 드는 생일선물. 내 50일치 급여다. 단 하루의 외출을 위해서 쓰는 돈치고는 제법 값이 나가는 선물이다. 그녀와 나는 오늘 23번째 생일을 맞이해 바다에 가기로 했다. 그녀가 너무나 가고 싶어하는 바다. 진짜 바다 말이다. 어머니는 오늘 우리가 바다에 가는지 전혀 모른다. 다만 저녁을 함께 먹자는 쪽지만 식탁 위에 남기고 출근을 하셨다. 나는 아침 9시부터 4시까지 꼬박 맥도날드 콜센터에서 일한다. 어머니는 오늘도 내가 출근했을 것이라고 생각했겠지만 사실 나는 오늘 미리 휴가를 냈다.

　5년 전 우리는 아파트를 팔고 주택으로 이사를 왔다. 어머니가 집을 보러 다닐 때 가장 중요시했던 게 옥탑방이었다. 옥탑방은 크고 넓어야 했다. 더 중요한 것은 주변 10미터 반경에 비슷한 옥탑방이 없어야 했다. 옥상에 올라가면 동서남북이 훤히 트여 있는 옥탑이어야만 했다. 그런 집을 구하는 데 허비한 시간이 무려 6개월이었다. 어머니는 그녀만의 옥탑방을 구하기 위해 부동산 중개소를 전전했다. 부동산에서는 어머니를 특이하게 전망 좋은 옥상을 구하는 아줌마쯤으로 여겼다. 어머니가 찾는 옥상은 주변 집들보다 가장 높은 위치에 있어야 했다. 까다롭게 옥상 전망을 중시하는 취향에 모두들 혀를 내둘렀다. 집은 쉽게 구해지지 않았다. 그런 조건을 갖춘 집을 발견했지만, 문제는 선뜻 팔려고 나서는 집주인이 없었다. 어머니는 결국 내놓지도 않은 집을 찾아가 주인에게 시세보다 20퍼센트나 웃돈을 얹어주겠다고 겨우 설득해서 옥탑방이 있는 2층 주택을 샀다. 덕분에 어머니는 많은 빚을 지게 됐다. 그 빚은 결과적으로 어머니를 한식당의 붙박이 찬모로 만들었고 나 역시 대학 진학을 포기해야만 했다.

새 집으로 이사 온 후 그녀는 원하던 대로 옥탑방을 쓰게 됐다. 그녀가 그토록 원하던 방이었다. 어느 누구와도 마주치지 않아도 되었고 답답한 실내에서만 종일 웅크리고 있지 않아도 되었다.

이사 오던 날 나는 옥상으로 올라가 동네 주택가를 내려다보았다. 전형적인 서민 동네였다. 재개발이 되지 않은 망원동 유수지가 보이는 곳이었다. 우리집은 능선으로 올라가는 경사면에 지어진 막다른 집이라 더 높은 집을 찾아보긴 어려웠다. 옥상에서 바라보니 여기저기로 뻗은 골목들과 낮은 집들이 카펫을 깔아놓은 듯 절경이었다. 우리집 건너편으로 동해일식이 보였고 그 옆으로 나란히 거제도 횟집이 보였다. 어머니 말대로 사방을 둘러보아도 옥탑방이 있는 집은 우리집밖에 없었다. 1층은 경북 영주에서 과수원집을 하는 남자에게 사과 냉동 창고로 세를 내주었다. 가게 안에는 2.5평짜리 냉동고가 조립식으로 설치되었다. 어머니와 나는 종종 사과를 사러 내려간다. 그러다 냉동고 안에 함께 들어간 적이 있었는데 정말 한겨울처럼 추웠다. 어머니는 사과를 도매점 수준으로 사 먹게 되었다며 세입자를 만족스럽게 여겼다. 영주사과 주인은 과수원에서 사과를 가져다가 저온 냉동고에 보관하고 도매상들에게 납품하는 일을 했다. 주인이 창고에 들르는 경우는 일주일에 서너 번 정도였고, 그것도 오전 시간이면 끝나기 때문에 가게 주인과 얼굴을 마주칠 일이 거의 없었다. 창고 주인은 우리에게 사과를 먹고 싶으면 마음대로 꺼내 가라며 인심을 후하게 썼다. 어머니는 더위를 못 참아 하는 그녀에게 마스터 키를 주었다. 그녀는 종종 냉동고 안에 들어가 앉아 있는 걸 즐겼다.

어머니가 이사 오자마자 우선적으로 한 일은 그녀의 방 창문에 검은색 암막 커튼을 친 것이다. 최대한 빛을 차단하기 위해 비로드 지를 속지로 대고 두꺼운 자카드 원단에 뒷면은 암막 라이닝을 대어 삼중 차단을 했다. 문 입구에는 작은 냉장고를 놔두었다. 냉장고 안에는 언제든 조각 얼음을 꺼낼 수 있도록 준비해두었고, 차가운 생수를 여러 병 넣어두었다. 그녀는 하루에 3리터 이상의 물을 마실 때도 있었다. 방 안 침대 옆에는 물레방아 모형의 가습기를 놓아주었다. 가습기에서는 물이 흐르는 소리가 종일 끊이지 않았다. 그녀는 그 소리를 들어야 안심이 될 정도로 물소리를 좋아했다. 옥상 마당에는 이동식 욕조 풀까지 만들어놓았다. 늘 욕조 풀에 물을 받아놓는 건 그녀의 습관이었다. 그녀는 몸이 조금이라도 더워지는 걸 견디지 못했다. 무조건 물이 있는 곳으로 텀벙거리며 들어가 앉아 있어야 했다. 어쩌면 그녀는 하루에 절반을 물에서 지내는지도 모른다.

어머니는 옥상 마당의 콘크리트 공간을 정원으로 가꾸었다. 흙을 사다가 손수 비닐을 깔고 벽돌을 대어 화단을 만들었고, 50여 종의 식물들을 심었다. 흙냄새 꽃냄새 풀냄새가 나는 그런 정원이었다. 어머니는 라벤더도 심고 앵두나무랑 사과나무도 심어 싱그러운 사계절을 그녀의 옥상에 옮겨놓아주었다. 하지만 그녀는 썩 달가워하지 않았다.

한 달이 지났을 때쯤이었다. 이 방은 너무 건조해서 못 견디겠어. 밤마다 몸이 너무 뜨거워 잠을 잘 수 없거든. 욕탑 지붕의 난열 저리가 취약하기 때문에 그녀의 방에는 당연히 에어컨을 설치했다. 하지만 여전히 그녀는 몸이 뜨겁다는 이유로 트집을 잡았다. 어머니는 그녀의 침대 위에 대나무 돗자리를 놔주고 죽부인도 사다주었다. 여름에는 모기향 대신 케노피 모기장을 침대에 매달아주었다. 우리집에서는 한여름에도 절대 모기향을 피우지 않는다. 그뿐만 아니라 그녀는 가스레인지를 켜본 일이 없다. 가스레인지 점화 스위치를 누르는 소리에도 예민하게 반응하는 그녀다. 정전이 되어도 초를 켤 수 없었고 그저 어둠을 응시해야만 했다. 그녀는 몸에서 끓어오르는 뜨거운 열기가 식지 않는다며 죽부인을 가슴에 끼거나 에어컨을 켜놓고 잘 때가 많았다. 그러던 그녀가 느닷없는 말을 했다. 바다를 방으로 옮겨야겠어. 가장 큰 수족관이 필요해요. 그녀의 말이 떨어지기가 무섭게 어머니는 방 길이를 재서 벽을 가득 메울 수 있는 큰 수조를 사오셨다. 이 수조에 이제 뭘 채워야 하지? 어머니는 수조를 사왔지만 금붕어는 사오지 않았다. 금붕어를 키우려는 게 아니에요. 멍게를 사다주세요. 멍게라니, 얘야. 멍게는 바다 깊은 곳에서 살잖니. 여기에는 민물고기를 키워야 되지 않겠니? 아뇨, 멍게를 키울 거예요. 횟집으로 정기적으로 오는 바닷물 차를 봤거든요. 그 바닷물을 사다 넣으면 돼요.

어머니는 바다 모래와 수초를 사왔다. 수조에 바닷물을 넣어주고 수중 모터를 이용해 파도 같은 흐름도 만들었다. 단백질 암모니아를 제거하기 위해 스키머까지 달아 해수어를 기르기 적당한 수조가 되었다. 그녀의 수조는 이제 완벽한 바다였다.

수조 안의 인테리어가 완성되던 날, 그녀는 수조 유리 표면에 검은 매직으로 C동 301호라고 적었다. 어머니는 그녀가 적은 숫자의 의미를 눈치채고 긴 한숨을 내뱉었다. 나는 그 수조에 갑자기 해일이라도 몰려들 것 같은 불길한 느낌이 들었다. 그녀는 자신이 인터넷으로 주문한 추자도 양식 멍게를 수조 안에 넣었다. 멍게는 혼자 클 수 없는 성질을 지니고 있대. 멍게 대신 해수어를 키우면 어때? 난 해수어 따원 키우지 않아. 너무 조용하고 얄미울 정도로 예쁘고 화려하잖아. 그런 건 키우는 재미가 없어. 그녀는 단호하게 거절했다. 그녀는 정말 멍게의 생태를 모르는 것일까. 조개나 해초 암석에 붙어 자라는 멍게는 수조의 환경에서 독립적으로 살기가 어려웠다. 멍게가 암벽에서 자라는 무척추 동물이라는 사실을 그녀는 정말 몰랐을지도 모른다. 그녀는 추자도에서 양식하는 멍게를 산 채로 일주일에 한 번씩 집으로 배송받았지만, 멍게는 수조 속에서 하루를 버티기 어려웠다. 시간이 지날수록 죽은 멍게들이 수조 안에서 둥둥 떠다니며 상한 물빛이 드러나곤 했다.

맥도날드 콜센터에서 일을 마치고 집으로 돌아와 하는 일이라곤 늘 부엌으로 달려가 허겁지겁 밥을 먹는 일이다. 전국을 연결하는 콜센터에서는 잠시도 자리를 비울 수 없었다. 점심을 먹을 수도 없고 용변을 볼 때에도 미리 매니저에게 메신저 쪽지를 날려 허락을 받아야 했다. 일곱 시간 동안 꼼짝없이 쇄도하는 주문 전화와 고객 불만 접수까지 한꺼번에 응대해야 하기 때문에 사무실은 늘 전쟁터였다. 온종일 의자에 앉아 있는 날들이 많아질수록 오금이 저리고 근육이 뭉치는 것 때문에 힘이 들었다. 집으로 돌아올 때쯤이면 귀에서 벌소리가 윙윙거렸다. 그럴 때면 내 몸이 부화가 걸려 있는 기계라는 생각이 들었다.

늦은 점심을 먹은 후 내가 해야 하는 일은 그녀의 몸에 드레싱을 해주는 일이다. 그녀는 얼마 전 얼굴과 몸의 일부에 피부이식 수술을 받았다. 그러나 내가 그녀의 몸을 드레싱하는 것은 단지 수술 부위를 위해서라기보다 그녀의 우울증을 예방하기 위해서다. 그녀를 온종일 혼자 놔두어서는 곤란하다. 우울증이 심해 자칫 자살이라는 극단적 방식을 선택할까봐 어머니는 신경을 곤두세웠다. 하지만 내가 관찰한 그녀는 생각보다 잘 지내는 편이다. 그녀는 욕조에 물을 그득 받아놓고 담금질을 여러 번 하는 것을 즐긴다. 그녀는 옥상 마당의 작은 욕조가 자신의 전용 풀장인 줄 안다. 아무리 집이라지만 그녀는 수영복도 입지 않는다. 그것조차 성가신 모양이다. 가끔 밝은 햇살 아래에서 그녀의 벌거벗은 몸을 보면 나는 눈을 질끈 감아버리곤 한다. 그녀는 등 쪽에서 엉덩이 꼬리뼈로 이어지는 곳에 거머리들이 검붉게 서로 뒤엉겨 기어가는 것 같은 무척 심한 화상 흉터를 가지고 있다. 그모습을 볼 때면 나는 잊고 싶었던 기억이 환기되면서 기분이 나빠진다. 일상의 반복 속에서도 내 기억은 망각하는 힘을 잃어버린 고장난 시계 같다. 그녀는 내게 익숙해지지 않는 존재임이 틀림없다. 내 몸을 보라구. 넌 죽을 때까지 내 몸을 보면서 그날의 기억을 상기시켜야 할 걸. 죄책감 속에서 나를 벗어날 수 없을 거야. 그녀는 늘 몸으로 내게 이렇게 말하고 있는 듯했다. 그녀는 내게 이런 식으로 각인시키고 세뇌했다. 이 세상에서 나에게만큼은 벗은 몸으로도 유일하게 당당할 수 있는 그녀다. 그녀는 곧잘 해변에서 갓 나온 여자처럼 비치의자에 누워 책을 보거나 낮잠을 잔다. 불면증으로 고생하는 그녀지만 밝은 대낮에는 검은색 선글라스를 쓰고 비치의자에서 혼곤한 잠에 빠지기 일쑤다. 그녀가 눈을 감고 얕은 수면에 빠지는 동안 나는 그녀의 잠을 방해하지 않도록 발소리를 줄여 옥탑방으로 가곤 했다. 검은색 선글라스 덕에 그녀와 눈을 마주치지 않는 게 천만다행이다. 나는 옥탑방으로 들어가 그녀가 벗어둔 세탁물들을 가지고 나오다 꼭 한 번씩 수조 안을 들여다본다. 수조 안은 이미 죽은 멍게들로 가득하다. 둥둥 떠 있는 모습이 흉물스러워 구역질이 나오려고 할 때가 많다. 부유물로 탁해진 수조 때문에 죽은 멍게들을 확 걷어내고 싶었지만 그녀가 집에 있는 이상 내 마음대로 할 수 있는 건 없다. 그녀의 방 안은 어두 침침하고 습하다. 너무 습해 꼭 늪지대에 와 있는 느낌이다. 이 방의 주인처럼 눅눅한 울분이 느껴지는 방이다. 나는 이 방에 채광이 들도록 암막 커튼을 확 뜯어버리고 싶은 충동이 가끔 일렁이곤 했다. 그녀의 수조에 멍게 대신 생존력이 좋으면서 노란빛이 정말 나비처럼 생생한 '롱로즈 나비'를 기르고 싶었다. 하지만 그녀는 롱로즈 나비와 같은 해수어에는 조금도 관심이 없다. 그녀는 수조 안이 텅 비어 있는 날이면 자신이 그 안으로 들어가 몸을 담그곤 했다. 긴 머리가 해초들과 뒤엉켜 너풀거렸고 일그러진 얼굴은 숨을 참느라 더 비틀려 보였다. 수조가 바다라도 되듯이 양팔을 휘휘 저으며 쿨럭쿨럭 몸을 움직였다. 마치 목소리까지 팔아서 다리를 얻고자 했던 인어공주처럼 그녀는 절망스러워 보였다. 이런 그녀의 행동들이 괴기스러워 견딜 수가 없었다. 우리가 정말 한날 한시에 태어난 자매가 맞는지 의심스러워지곤 했다. 그녀는 언제나 뭔가 요구할 것이 있을 때에만 나에게 말을 건다. 간혹 옥상에서 일을 보고 아래층으로 내려올 때 그녀의 선글라스 너머의 눈과 마주칠 때가 있다. 그럴 때면 나는 거북해져 고개를 돌리게 된다. 그녀는 꼭 〈혹성 탈출〉에 등장하는 유인원처럼 나를 길들이는 네드 같다. 느리고 갈라진 허스키한 목소리는 이제 뇌에 입력된 프로그램처럼 깊숙이 박혀 있다. 그녀에 대한 부채의식에 시달리는 탓인지 늘 내 몸은 피로감에 묵지근하다.

시외버스는 비포장도로를 10여 분 달려 인천의 한 바닷가 입구에 내려주었다. 평일이라 버스에는 승객도 몇몇 보이지 않는다. 도로도 막힘 없이 양방향 소통이 잘되었다. 생각보다 목적지에 빨리 도착했다. 크고 작은 모텔들이 바닷가 주변에 줄지어 있었고 횟집들이 해변 입구를 빙 둘러 병풍처럼 서 있었다. 철 지난 바닷가의 모습이 그렇듯이 백사장은 무척 쓸쓸해 보였다. 햇살이 강해 눈이 부셨다. 검은 선글라스와 분장 가면의 조화가 그녀를 완벽한 얼굴로 보이게 했다. 오랜만에 보는 그녀의 온전한 얼굴이 내겐 오히려 낯설었다. 그녀는 바다를 보자 그제야 흥분이 되는지 느닷없이 백사장으로 뛰었다. 그녀는 바닷물이 흰 거품을 물고 밀려오면 신발까지 벗어 던지고 발을 적셨다. 그럴 땐 영락없는 아이 같다.

백사장 쪽으로 난 길을 그녀와 지나가자 갑자기 횟집에서 아줌마들이 튀어나와 옷을 잡아끈다. 오마야, 이리 예쁜 아가씨들이 남자들도 읎시 왔네. 회 좀 먹고 가소. 내 듬으로 멍게랑 해삼이랑 듬뿍 줄꾸마. 혜미야 먹고 갈래? 그녀가 대답 대신 강하게 도리질을 친다. 그녀와 나는 끈질기게 따라붙는 아줌마 패들을 뒤로하고 바다 끝 모서리 쪽으로 걸어갔다. 걷는 동안에도 그녀의 입은 좀처럼 열리지 않는다. 얼어버린 그녀의 마음이 오늘 내게 다른 모습을 보일 수 있을 거라는 기대는 애초부터 하질 않았지만 그래도 나는 서운한 마음이 가시질 않았다. 내 귀가 독촉 전화에 시달린 대가를 그녀는 너무 사소하게 여긴다. 이제 그녀를 이해하고 보듬어주는 데에 한계가 느껴진다.

바다 끝에 다다르자 가파른 언덕이 보였다. 언덕 위에 작은 카페가 성처럼 우뚝 서 있다. 언덕 위에 다다르자 바다 전체를 아우르는 풍경이 한눈에 보였다. 절벽 쪽으로 보이는 먼 바다에는 대형 크레인과 고

기잡이배들이 드문드문 보였다. 카페 뒤쪽으로 좁은 오솔길이 고샅길처럼 나 있었다. 그 길을 따라 모퉁이를 돌아가자 야외 테라스가 나왔고 그곳에서 탁 트인 바다의 수평선을 볼 수 있었다. 나는 테라스에 있는 테이블에 앉아 코로나 두 병을 시켰다. 그녀는 말끄러미 바다를 바라본다. 그녀가 보고 싶다는 바다는 나도 와보고 싶었던 곳이다.

그녀와 나는 일란성 쌍둥이다. 내가 2분 먼저 어머니의 자궁 밖으로 나와 언니가 되었다. 사실 언니라고는 하지만 그녀는 한 번도 이 호칭을 입 밖으로 내어본 적이 없었다. 어머니는 그녀와 내가 열두 살이 될 때까지 늘 같은 옷만 입혔고 학부모 회의 때 둘 중 한 아이의 반에는 참석하지 못할 것을 염려해 학기말만 되면 담임선생님께 미리 반 배정을 부탁해두었다. 그래서 우린 늘 같은 반으로 배정되었다. 어머니는 우리가 쌍둥이 자매라는 걸 늘 자랑스럽게 생각했고 교육열도 남달랐다. 방학이면 체험 학습으로 늘 수련회를 보냈다.

그해 여름도 어머니는 생태 관찰 체험 수련회에 우리를 보내려는 준비를 했다. 하지만 그녀가 생뚱맞게 이번에는 빠지겠다고 했다. 어머니는 망설였다. 둘 다 가지 마. 어머니는 한 명만 갈 바에는 둘 다 안 가는 게 낫다고 했다. 그때 나는 혼자라도 그 수련회에 꼭 참석하겠다며 떼를 썼다. 어머니는 어쩔 수 없이 나 하나만 보내기로 했다.

다음날 아침 유난히 기관지가 약한 나는 편도가 붓고 고열이 심해 수련회에 갈 수 없었다. 어머니는 수련회비도 지불한 상황에서 누군가를 보내고 싶어했다. 어머니는 싫다는 그녀를 강제로 수련회 버스에 태워 보내고 말았다. 그녀는 버스가 떠날 때까지 뽀루퉁한 입과 성난 눈의 근육을 끝내 풀지 않았다.

다음날 새벽, 한 통의 전화가 걸려왔다. 수련회 담당 선생이었다. 불이라고요? 어머니는 그 한마디만 하고 아버지와 나를 데리고 화재 현장으로 정신없이 달려갔다. 경기도 화성에 있는 수련장은 그야말로 아수라장이었다. 우리가 도착했을 땐 소방차 20여 대와 소방관들이 화재 진화의 갈무리를 하고 있었다. 수련원 주변은 화기로 인해 무척 뜨거웠다. 1층 건물에 52개의 컨테이너를 얹어 만든 수련장이었다. 한눈에 봐도 청소년을 위한 수련원으로는 위태로워 보였다. 어머니는 애타게 그녀를 찾았지만 그녀는 이미 인근 병원 응급실로 실려간 뒤였다. 응급실에 도착했을 때 고기 타는 냄새가 입구부터 진동했고, 새까만 얼굴들은 누가 누구인지 가늠할 수 없었다. 머리카락이 절반 이상 타버리고 뒤통수가 너덜거리는 환자 앞에 가서야 어머니는 그을음으로 뒤덮인 얼굴의 윤곽을 간신히 알아보고 그녀가 딸이라는 걸 직감했다. 이걸 어떡해! 이걸…… 어머니는 울먹거리며 두 손을 꼭 쥐고 병원 바닥에 주저앉았다. 뜨거운 불길이 이는 방에서 좁은 복도 쪽으로 빠져나오는 그녀를 화염이 덮쳐버려 전신 화상을 입었다. 구석진 방 안, 한치 앞을 내다볼 수 없는 화염 속에서 누군가의 손에 이끌려 그녀는 구조되었다. 응급실에서 본 그녀의 몰골은 형언할 수 없이 참혹했다. 얼굴의 반 이상이 뜨거운 열로 녹아내렸고 전신의 피부는 타들어간 합성섬유 옷이 유착되어 검게 타버린 생선 껍질처럼 흐느적거렸다. 응급실로 실려 왔을 때는 호흡조차 잡히지 않았다고 했다. 그녀는 폐에 가스가 차서 옆구리에 호스를 박고 가스를 빼내고 있었다. 산소호흡기를 입에 끼고 머리를 박박 밀어낼 때는 고통으로 비명을 질렀다. 병동은 아비규환 자체였다. 지옥은 가까이에 있었다. 그녀는 3도 화상을 입은 채 가까스로 생명을 건졌다. 그후 발표된 화재 원인은 모기향이 이불에 옮겨 붙었거나 전기 누전이라는 추측이 전부였다. 유치원생들의 피해가 유난히 컸다. 23명이 사망하고 5명이 화상을 입었다. 인허가 문제에 비위 사실이 있었다는 신문기사에 어머니와 아버지는 심한 분노를 일으켰다. 그녀는 한동안 심각한 후유증을 동반한 화상으로 견디기 힘든 시간을 보내야만 했다.

C동 301호. 그녀가 구조된 방이다. 계획대로라면 그녀 대신 내가 화상을 입어야 되는 상황이었다. 나에게는 천운이지만 그녀에게는 악운이었다. 그녀는 7개월간 병원 생활을 하고 퇴원했다.

집으로 오던 날 야구 모자를 깊게 눌러쓴 그녀는 하얀 마스크에 유난히 긴 소매와 목 티를 입고 나타났다. 그녀는 집에 와서도 한동안은 모자와 마스크를 벗으려고 하지 않았다. 어머니는 거실과 방에 걸려 있던 거울을 모조리 떼어버렸고 세면대 위에 붙어 있던 거울조차 벽에서 떼어지지 않자 망치로 깨부쉈다. 퇴원 이후 그녀는 학교를 그만두고 집에서 은둔 생활을 했다. 그녀의 충격은 실어증으로 나타났고 돌발적인 행동들로 걷잡을 수 없는 분노를 가족들에게 표출했다. 나는 그녀와 될 수 있으면 얼굴을 마주치지 않으려고 안간힘을 썼다. 가끔 그녀가 나를 노려보는 눈이 무서웠고, 일그러진 얼굴은 어린 나에게 두려움을 주었다. 당시에는 어려서 그녀에게 미안함이 뭔지도 잘 몰랐다. 하지만 그날 이후 우리집은 그녀를 위한 제국처럼 모든 시스템이 변했다. 웃음 대신 원망의 눈초리와 알 수 없는 불안의 그림자가 집 안 곳곳에 도사렸다. 어머니는 가기 싫다는 애를 강제로 수련회에 보냈다는 이유만으로 아버지의 독설과 폭력에 끊임없이 시달려야 했다. 그놈의 수련회비 아깝다구 싫다는 애를 어거지로 보내? 꼴좋다, 이눔의 여편네야. 이제 어떡할 거야. 계집애 얼굴을 저 꼴로 만들어놨으니…… 생지옥도 저보단 낫겠네. 이제 평생 재를 어떻게 볼 거야. 욕설로도 분이 풀리지 않으면 아버지는 기어이 술을 얼근히 먹고 들어와 어머니의 머리채와 허리를 요절냈다. 그 틈에서 나는 화상의 원인 제공자로 언제나 주눅이 들어 있었다. 가족 모두가 함께 식사를 하게 되는 날이면, 아무 말씀이 없다가도 공연히 부아가 치미는지 아버지는 갑자기 내게 소리를 질러댔다. 니 동생을 저 꼴로 만들었는데 밥이 입으로 술술 넘어가드냐. 그 순간 나는 참을 수 없이 눈물이 북받쳐 밥숟가락을 놓고 방으로 들어가 울었다. 나는 점점 아버지와 어머니, 그녀 사이에서 눈치꾸러기가 되어가고 있었다. 검게 타들어간 나무 등걸처럼 변한 그녀 때문에 아버지는 어머니와 나를 원망하고 미워했다. 도매시장에서 건어물 장사를 하고 있던 아버지는 그마저도 얼마 안 있어 정리하고 그녀를 치료하는 데 백방으로 뛰어다녔다. 하지만 그녀의 얼굴과 몸은 반 이상이 수포로 짓물러 있었고, 거듭되는 수술에도 불구하고 회복이 빠르지 않아 아버지는 초조해했다. 그러던 아버지가 뒤늦게 신앙 모임이라며 어딘가를 분주히 다니시더니 놀랍게도 술도 끊고 담배도 끊었다. 어머니나 나에게 퍼부었던 욕설과 폭력도 없어지고 대신 필사적으로 종교의 힘에 매달렸다. 그즈음 나는 아버지의 참회의 기도 소리를 처음으로 듣게 됐다. 기도하는 아버지의 모습이 어쩐지 낯설었다. 아버지는 열다섯 살에 교회에 나가 처음으로 서원기도를 했다는 걸 용케도 기억해냈다. 이건 서원에 대한 약속을 지키지 않아 자초한 내 벌이야. 내가 딸아이를 이렇게 만들었어.

아버지는 서원을 지키지 않아 그녀에게 이런 재앙이 찾아왔다고 자책했다. 아버지의 말대로라면 죄의 씨앗은 그렇게 발아해서 그녀를 통해 열매를 맺은 셈이었다. 하루아침에 하나님은 분노의 신이 되어 아버지 가슴으로 다시 돌아왔다. 회개의 눈물은 아버지의 눈을 짓무르게 했고 기도의 소리는 날로 커져만 갔다. 급기야는 이제라도 늦지 않았고, 서원을 지킨다면 기적이 일어날 수도 있다는 신념으로 이어졌다. 우리 가족은 아버지의 서원기도 내용이 무엇인지 궁금했다. 하지만 아버지는 끝내 우리에게 밝히지 않고 그해 가을 신탁을 받은 기사처럼 홀연히 사라졌다. 우리는 뒤늦게 이웃을 통해 아버지가 이단종교에 빠져 있었다는 사실을 알게 되었다. 그들은 한곳에 머무르지 않고 이동하며 은둔하기 때문에 찾을 길이 없다고 했다. 아마도 아버진 기도원을 전전하며 그녀의 얼굴에 새살이 줄기세포처럼 넝쿨넝쿨 빠른 속도로 분열해주기를 바라는 통성기도를 하는지도 모르겠다.

맥주맛이 알싸한 게 시원했다. 그녀는 여전히 검은 선글라스를 쓰고 먼 바다를 응시하고 있다. 여기 참 좋다. 얼마만이니, 너하고 이런 델 다 와보구. 앞으로 우리 가끔 이렇게 밖에 나와 바람도 쐬고 그러자. 나는 가벼운 해풍에 기분이 좋아 그녀에게 말을 건넸다. 기분 전환되게. 나가고 싶다고 하면 그럴 때마다 네가 오늘처럼 매번 이렇게 해줄 거니? 그러지도 못할 거면서 빈말은…… 그녀의 무거운 입에서 겨우 내뱉은 말은 톡 쏘는 해파리의 독 같았다. 그녀 말처럼 난 그렇게 해줄 수는 없다. 내가 능력이 되지 않는 건 그녀도 아는 사실이다. 나는 일개 패스트푸드 콜센터에 근무하는 아르바이트생에 불과하다. 한 시간에 고작 4,750원을 받아 그녀의 외출을 위해 라텍스 가면을 만들어준다는 건 어이없는 일이다. 하지만 난 오늘 어이없는 생일 선물을 하지 않았는가. 그런데도 나는 그녀의 참을 수 없이 경멸에 찬 말을 당연하다는 듯이 듣고 있다. 그녀의 말 속에는 언제나 티눈이 박혀 있다. 그녀의 가시 돋힌 말에 갑자기 목이 메인다. 그녀의 날 선 공격성도 결국 나 때문이라는 건 안다. 더이상 어떻게 해줘야 그녀의 감옥에서 내가 풀려날 수 있을지 알 수 없다. 그녀는 열한 번의 성형수술과 피부재생 수술을 잇달아 했다. 기대만큼 만족이 되지는 않았지만 그녀의 얼굴은 수술을 한 횟수만큼 조금씩 나아지고 있다. 그럼에도 불구하고, 수술을 아무리 여러 번 해도 예전의 얼굴을 되찾을 수는 없다. 하지만 그녀는 완벽해지고 싶어했고 얼굴이 재생된다면 뭐든지 해야 한다고 믿고 있다.

그녀는 나의 밑 빠진 독이다. 채워질 수 없는 수술비와 만족할 수 없는 얼굴이 내 등을 무겁게 한다. 실낱같은 희망에 기대를 걸고 사는 그녀에게 누군가의 얼굴을 살 수만 있다면 통째로 갈아주고 싶다. 그래서 내게로 향하는 오랜 원망과 이 지루한 시간들을 단축하고 싶다. 무모한 희망이지만 그녀 안에 도사리고 있는 분노의 열기를 잠재우고 싶다. 그녀의 수술집착증은 누군가의 피를 빨아 그의 삶을 피폐하고 비루하게 만든다. 마음속으로 다행이라고 생각해왔다. 화마가 삼킨 게 그녀라는 사실을. 그래서 대학을 흔쾌히 포기했고, 내 시간과 꿈까지 포기해야만 하는 데 기꺼이 동의했다. 하지만 시간이 흐를수록 그런 시간들이 내 목을 조이고 있었다. 마음 한편에서 나를 위해 살고 싶다는 욕망이 뜨겁게 달아오르고 있었다. 무슨 생각을 그렇게 해? 느닷없는 그녀의 말에 순간 입이 얼어붙는다. 나는 대답 대신 이미 비어버린 맥주병에 연신 헛입 노릇을 했다. 언제까지 그녀의 비위나 맞추는 하수인처럼 살 수는 없다. 지독하게 그녀의 삶을 위해 살았던 건 어머니의 탓도 있었다.

　어머니와 나는 일주일에 하루만 쉰다. 어머니는 삶의 무게 때문인지 얼굴엔 기미가 거뭇거뭇 올라왔고 그것은 제 나이보다 더 들어 보이게 했다. 일요일에도 온종일 옥상 위에 올라가 그녀의 눈치를 살피거나 정원을 가꿨다. 어머니는 정원을 무슨 신처럼 생각하듯 정성껏 나무들을 돌봤다. 자연의 힘이라도 빌려 그녀를 온전한 얼굴로 만들고 싶어했던 것이다. 어머니는 그날 이후 웃음을 잃어버렸다. 어머니의 눈에는 오로지 그녀 하나만 보였다. 내가 학교를 다니는 동안 어머니는 단 한 번도 학부모 회의나 공개 수업 따위에 얼굴을 내비친 적이 없었다. 어머니의 유희였던 쌍둥이 놀이는 끝이 난 셈이었다. 어머니에게는 우리에게 핑크색 원피스와 흰색스타킹을 똑같이 골라 입히는 게 무의미해졌다. 옷 하나를 사더라도 그녀의 옷에만 신경을 썼다. 더이상 우리는 쌍둥이 자매라고 할 수 없었다. 어머니는 언제나 내가 묻는 말에는 건성이었다. 나는 그날 이후 존재감이 없는 딸이 되었고, 어머니는 나에게 그녀를 위한 삶을 강요하기 시작했다. 그때부터 나는 그녀의 바다에 갇혀버렸는지 모른다. 어머니는 나와 그녀를 결코 떨어질 수 없는 주종관계로 만들었다. 말끝마다 넌 쌍둥이잖니. 징말 몰라서 하는 말이니? 혜미 입장에서 한번 생각해봐, 라는 이야기를 덧붙였다. 그런 말들이 나에겐 지긋지긋한 일상이 되어버렸다. 그런 어머니와 그녀에게서 멀어지기 위해 가출도 시도해보았지만 소용없는 일이었다. 가출한 뒤에도 내 머릿속은 내내 그녀 생각뿐이었다.

마치 하나의 뇌에서 나오는 교감신경인 것처럼 늘 머리가 개운하지 않았다. 어쩌면 어머니의 말이 맞는지도 모른다. 그녀의 운명이 곧 내 운명인 것처럼 여기는 어머니. 어차피 둘 중에 한 명이 저주받은 운명을 타고난 것이라면 그게 나든 그녀이든 상관이 없는 것 아닌가. 어머니의 나에 대한 감정은 무뎌진 나머지 돌처럼 딱딱하기만 하다. 어머니는 아마도 우리가 샴쌍둥이처럼 살아가기를 간절히 원하는지도 모른다. 등을 맞댄 샴쌍둥이처럼 다른 방향을 바라보도록 운명 지어졌지만 영원히 자유로울 수 없는 존재로 말이다. 어머닌 내가 이 집을 얼마나 벗어나고 싶어하는지 알지 못한다. 대학 진학 문제로 고심했을 때에도 어머니의 관심은 오로지 나로 인해 그녀가 상처받을 일들이었다. 어머니의 화장대 위에는 늘 백만 원을 웃도는 수입 피부 재생 크림들이 포장도 뜯지 않은 채 놓여 있었고 그 옆에는 가정 형편과 맞지 않는 금액의 카드 명세서와 은행 대출금 상환 독촉장 등이 널려 있었다. 그런 걸 발견할 때마다 나는 점점 뒷걸음질치고 싶었다.

열한번째 수술을 결정하던 날에도 어머니는 내게 돈을 요구했다. 내가 일요일에도 쉬지 않고 일을 했던 걸 어머니는 알고 있었다. 열번째 수술비를 연체 없이 갚느라 꼬박 12개월을 보냈다. 이번에 미국에서 새로운 약이 들어왔다는구나. 수술에 참여할 박사님 말이 냉동 요법으로 수술하게 되면 환자에게 고통을 덜 느끼게 하면서 회복이 빠르대. 수술비가 800만 원 정도 든다는데 그것도 병원 측에서 화상 환자 후원회를 연결해 일부 도움을 준다지 뭐니. 힘들지만 어떡하니…… 어머니는 대단한 신기루를 발견한 것처럼 내게 매 수술 때마다 혼신의 힘을 다해 절박한 호소를 했다. 그럴 때마다 나는 어떻게 해봐야죠, 하고 기어들어가는 목소리로 거절 한번 해보지 못하고 대답했다. 그래 이번이 마지막일 거야. 나는 수도 없이 되뇌었지만 그녀의 수술은 평생 릴레이처럼 이어졌다. 그녀를 안쓰러워하는 어머니의 마음을 모르는 바가 아니다. 하지만 지금까지 내 통장에서 빠져나간 돈을 모두 합치면 4년제 대학을 졸업하고도 남았다. 내가 그토록 원하는 꿈이 연극배우라는 사실을 어머니는 생각해본 적이 없을 것이다. 어머니에게 나는 단지 그녀의 수술비를 대야 하는 이 집의 가장일 뿐이었다. 나 역시 언제나 알 수 없는 죄책감에 시달려 원하는 것을 입 밖으로 내놓지 못했다.

고등학교 시절 학교 연극반에서 나는 처음으로 내게 숨은 끼가 있다는 사실을 발견했다. 대본에 나와 있는 대사들이 내 귀에 웽웽거릴 정도로 오랫동안 작품 속의 인물에 빠져 있었다. 나는 그때 연극에 매료되었다. 연극은 내 현실을 잊게 해주는 엑스터시 같은 분출구였다. 대사를 소리 내어 되뇔 때마다 가슴에 쌓인 울분이 개운하게 가라앉는 것 같았다. 그렇게 한없이 연극 대사를 읊다가도 걸핏하면 눈물이 쏟아졌다. 그날 이후 나는 숨어서 우는 일에 익숙해졌다. 그렇게 실컷 울고 나면 위안이 되곤 했다. 서랍 속에 빼곡히 들어차 있는 연극 대본들을 밤마다 꺼내 연습하는 나를 어머니가 발견한다면 뭐라고 할까. 연기를 하고 싶은 건지 노래를 부르고 싶은 건지 모르지만 네센 헤미가 있다는 걸 늘 명심해라. 이렇게 쐐기를 박듯이 말할 것만 같아 나는 곧 있을 공개 오디션에 대해 함구했다. 그 꿈을 어머니나 그녀 때문에 빼앗기는 짓을 하고 싶지 않았다. 누구보다 잘할 자신이 있기 때문이다. 이제부터 내가 버는 돈으로 연기학원이라는 데를 다녀볼 생각이다. 연기는 내게 죽은 나무에 새순이 나는 것과도 같다. 아직 한 번도 가보지 않은 시간 속에서 내 몫이라는 것을 찾아보고 싶다.

오후 해가 수평선 너머로 붉게 넘어가는 것이 보였다. 서해안의 낙조가 눈앞에 펼쳐졌다. 붉은 해가 수평선 너머로 사라지려고 하자 나는 내심 초조해졌다. 나와 그녀는 테라스를 벗어나 절벽이 있는 송림 쪽으로 걸었다. 난 그녀의 동태를 살피며 바로 지금이 기회라는 생각이 들었다. 혜미야, 사실 나 이제 연기학원에 다닐까 해. 오래도록 미뤄뒀던 꿈이야. 넌 어떻게 생각해? 혜미는 눈 하나 깜짝 안 하고 동요 없이 나를 빤히 쳐다본다.

그래? 넌 꿈이라는 걸 생각이라도 하며 사는구나. 하기야 너도 하고 싶은 게 많겠지. 그런데 말야, 넌 이루고 싶은 꿈을 꾸는지 몰라도 난 아직도 밤마다 악몽에 시달려. 너도 알잖아. 난 수술을 받아야 하는데 엄마 혼자 벌어서는 어림없다는 거. 연기학원에 다니려면 시간과 돈이 드는 건데 지금 우리 형편에 어렵지 않겠니?

그녀는 또다시 자신의 입장에 대해서만 말할 줄 알았지 남의 인생에 대한 배려는 조금도 할 줄 몰랐다.

너도 알다시피 난…… 난 더이상 버틸 힘이 없어. 미안해. 우리 이제 겨우 스물셋이야. 조급하게 생각 말자. 내 할 일 하면서 널 도울게. 이렇게 허송세월하며 시간을 죽이고 싶지 않아. 이러다 더 늦으면 정말 하고 싶은 일을 못 하게 될 것 같아.

내 말을 알아듣기나 한 것인지 라텍스 가면의 얼굴은 여전히 표정이 없다. 그녀는 나의 절실함에 대해 초연해지고 싶어하는 것 같다. 아니, 외면하고 있었다. 그녀가 다시 말을 이어갔다.

너 하루하루가 희망이라면 난 1분 1초가 지옥 같은 하루야, 알겠니? 내겐 수술이 곧 희망이고 살아가는 방식이라구. 너 힘든 것 알지만 나만 하겠니? 다음 수술 날짜 잡혔거든. 석 달 뒤야. 그뒤에 생각하자. 어쩐지 다음 수술은 잘될 것 같아.

빌어먹을 수술, 또 그놈의 수술 타령이야. 그녀는 내가 무슨 일을 계획하기만 하면 수술이 잡혀 있다는 말로 나를 포기하게끔 만들었다. 다음 수술이 늘 내겐 족쇄였다. 오늘은 절대 물러서서는 안 된다. 여기서 물러선다면 지독한 운명의 고리를 끊을 수 없게 될 게 뻔하다.

혜미야 이제 그 수술 그만두면 안 될까? 아무리 수술을 많이 해도 넌 예전대로 돌아오기 어려워. 여기서 멈추면 안 되겠니?

나보고 멈춰달라고? 넌 문밖을 나설 때마다 내가 느끼는 두려움을 알기나 해? 그 기분 안다면 그런 말 못 해. 난 수술 날짜를 기다리는 게 사는 의미가 되어버렸어. 우리 같은 화상 환자에게 피부이식 수술은 가난한 이들에게 주는 빵과도 같다구. 전신마취를 하고 피부이식 수술만 열한 번이야. 늘 수술대 위에서 이번이 마지막 수술이 되게 해달고 기도하곤 하지. 그런데 일곱번째 수술이었던가. 너무 힘들어 죽고 싶더라. 그래서 나는 내 몸에 달려 있는 줄을 빼버리면 죽을 수 있을 것 같아서 있는 힘껏 발가락으로 당겨서 뺀 것이 알고 보니 소변줄이었어. 사람이 얼마나 우스운 존재인지 죽고 싶어도 마음대로 되질 않아. 그래서 나는 처음이자 마지막으로 살아야겠다는 생각을 했어. 내게 남은 희망은 완벽하지는 않지만 더 나아지고 있다는 믿음이야. 그게 날 살게 하는 이유이기도 해!

그녀의 목소리는 유난히 떨리며 흥분돼 있었다. 그녀의 말에서 온

몸에 소름이 돋을 정도로 질긴 삶에 대한 그녀의 집념이 느껴졌다. 말하자면 넌 내 생명줄이야, 그러니까 평생 그 자리에서 꼼짝 마, 라는 소리로 들렸다. 갑자기 그녀가 수조 속의 멍게처럼 느껴졌다. 암벽이 없으면 살 수 없는 생명체. 그렇다면 나는 그녀의 암벽이란 말인가. 해가 어느새 바다 너머로 사라져 순식간에 어둠이 사위를 뒤덮었다. 이제 바다는 검은 물결로 변해 물인지 바닥인지 구별할 수 없게 되어 절벽 아래는 오로지 파도 소리만 철벅거렸다. 그녀가 내디딘 발아래는 깎아 지른 절벽이다. 순간 그녀를 밀어버리고 싶은 충동이 일었다. 그녀가 이 절벽 아래로 떨어진다면 저 시커먼 파도 속으로 영원히 사라져버리겠지. 내 인생의 걸림돌이 순식간에 사라지는 순간일 거다. 어쩌면 내 의식 저편에서 그녀를 이곳으로 유인했는지 모른다. 그녀의 등에 나도 모르게 손을 대려는 순간 그녀가 뒤를 돌아봤다. 이제 집에 가자 너무 늦겠다. 엄마가 우리 생일상 차릴 텐데……

집으로 돌아오는 길은 퇴근길과 맞물려 도로 정체 현상이 심했다. 이미 날은 어둑어둑해졌고 차 안에서 그녀는 여전히 앙다문 입을 열 줄 몰랐다. 그녀가 내게 뱉은 마지막 말이 내내 귓전을 어룽거렸다. 잠시 눈을 붙였다. 서부간선도로의 정체는 퇴근시간과 맞물려 가다 서다를 반복했다. 알 수 없는 피로감이 또다시 몰려들면서 졸음이 꾸역꾸역 쏟아졌다. 눈앞에 까만 머리를 양쪽으로 땋은 여자아이가 가물가물 보이고 그 뒤로 털이 북실북실한 괴물이 쫓아오고 있다. 여자아이는 그 괴물을 따돌리려고 앞을 향해 있는 힘껏 달려보지만 이내 괴물의 갈퀴 같은 큰 손아귀에 잡혀 채집통 안에 처박힌다. 여자아이는 소리를 힘껏 내지르지만 소용이 없다. 목소리마저 빨아들이는 힘을 가진 괴물은 더욱 큰 소리로 포효한다. 채집통 안에 갇혀버린 여자 아이는 공포에 질려 더이상 소리가 나오지 않는다. 으으으으…… 여자아이가 목울대에 더욱 힘을 주고 소리를 죽어라고 내질러보지만 그럴수록 목소리는 터지지 않는다. 누군가 나를 흔들어 깨운다. 다 왔어. 다음 정거장에 내려야 해. 무슨 잠을 그렇게 깊게 자니. 그녀가 내 어깨를 잡아주는 바람에 악몽에서 깨어날 수 있었다. 눈을 떠보니 낯익은 유수지가 창밖으로 보인다.

어머닌 지금 이 시간쯤 우리들의 생일상을 위해 무지개떡을 마련하고 즐겨 먹던 잡채와 갈비찜을 준비할 것이다. 또한 쇠고기를 참기름에 달달 볶은 뒤 쌀뜨물에 넣고 거기에 미역을 넣어 푹 끓이고 있는지도 모른다. 우리집은 아침을 먹지 않기 때문에 늘 저녁에 생일상을 받곤 했다. 그날 이후 우리는 생일 축하곡을 소리 높여 부르지 않았고, 케이크에 초를 꽂지도 않았다. 케이크 대신 무지개떡을 나누었다. 엄마가 무슨 맘으로 무지개떡을 나누어주는지 알 수는 없었다. 오히려 생일이 초상집같이 무겁고 엄숙했다. 걷다보니 벌써 영주사과 상호가 눈앞에 보인다. 얼굴에 덧 씌운 분장 탓인지 그녀의 목둘레로 땀이 흥건히 고여 있다. 그녀는 집으로 올라가는 계단을 그냥 지나치더니 영주사과 가게 앞에 서서 열쇠를 꺼내 문을 연다. 거긴 왜 들어가니? 너무 더워서 열 좀 식히려고. 먼저 올라가. 그녀는 가게 안으로 쏘옥 들어가버린다. 나는 2층으로 몇 계단 오르다 말고 다시 내려와 영주사과 가게 안으로 들어갔다. 그녀는 이미 냉동고 안으로 들어갔는지 보이지 않는다. 실내에는 다만 웅웅거리는 모터 소리만이 적막을 깨고 있다. 육중한 냉동고 문을 살며시 열어보았다. 그녀는 낮 동안 무거운 라텍스 가면을 쓴 게 고역이었는지 가면을 턱에서부터 손가락으로 덕지덕지 뜯어내고 있다. 영화의 한 장면처럼 그녀의 말끔한 얼굴 뒤로 누더기처럼 꿰매고 덧댄 얼굴이 참혹하게 드러났다. 마치 고어 영화의 한 장면처럼 그로테스크했다. 가면 뒤에 숨겨진 그녀의 고통이 내 심장 깊은 과녁에 화살촉처럼 박히는 순간이다. 나는 그녀의 얼굴을 정면으로 본 적이 별로 없었다. 늘 숨어서 그녀를 지켜봐야 했다. 그녀의 고통을 정면으로 응시할 자신이 없었다. 그녀의 얼기설기한 피부들이 벌겋게 꿈틀거리며 살아 움직이는 것 같았다. 그 순간 또다시 버텨내야 할 현실이 오롯이 내 눈앞에 보였다. 그녀와 나는 함께 있는 한 운명의 힘을 거스를 수 없다. 그때 내 눈에 띈 것은 냉동실 손잡이 한편에 붙어 있는 온도조절기였다. 나는 불현듯 그녀에게 생의 마지막 생일 선물을 하고 싶다는 생각이 들었다. 냉동고 문을 안에서 열 수 없도록 수동 버튼을 잠금으로 돌려 출입구를 봉쇄했다. 그러고는 냉동보관 온도조절기에 다가가 2도로 고정된 센서를 검지손가락으로 꾹꾹 누르며 급랭으로 바꾼다. -5도, -10도, -15도 손가락의 미세한 떨림이 숫자를 빠르게 바뀌게 했다. 순식간에 온도표시기에는 -30도라는 숫자가 찍히고 그제야 내 손가락이 멈춘다. 사람을 급랭시킬 수 있는 최적의 온도다. 5미터 폭을 가진 냉동고는 마치 C동 301호같이 누구도 구해줄 수 없는 죽음의 검은 방처럼 보인다. 내 귀에는 모터 소리가 아까보다 더욱 크게 웅웅거린다. 냉동고 안에서 날카로운 비명이 진동처럼 울린다. 둥둥둥 둥둥둥 그녀가 창고 벽을 때리는지 둔탁한 파열음이 내 귀를 잡는다. 지금쯤 그녀의 혈액이 표피와 근육을 돌고 돌다 점점 속도가 느려지고 있을 것이다. 나는 천천히 양손으로 귀를 막는다. 너는 다시 그곳으로 돌아가야 해. 그곳은 네게 아픔도 절망도 주지 않는 곳이잖아. 뜨겁지도 차갑지도 않은 그곳 말야. 이건 내가 너에게 주는 마지막 생일 선물이야. 고통의 순간은 이제 끝났어. 다음 생에 우리 이제 홑몸으로 태어나자. 비극적인 연극이었어. 안녕. 이제 내 귀에는 아무 소리도 들리지 않는다. 단지 내 입에서 터져나오는 노래만 흥얼거릴 뿐…… 해피 버스데이 투 유. 해피 버스데이 투 유. 해피 버스데이 투 혜미. 해피이 버어스데이 투 유우.

　너 여기서 뭐하고 있는 거야? 냉동고의 문이 느닷없이 열렸다. 그녀다. 나는 잠시 몽롱했던 시간에서 깨어나 내 앞에서 꿈틀거리는 그녀를 보았다. 난 여전히 온도조절기에서 손을 떼지 못한 채 서 있다.

도그 워커
dog walker

ㅌ팰리스 앞에 노인이 서성이며 유모차를 끌고 있다. 여자는 부지런히 개들을 몰아 노인 앞에 선다. 유모차 안에는 2년생 롱 코트 치와와인 유끼가 얌전히 앉아 고개를 내밀고 있다. 진 브라운의 부드러운 털과 목 주변이 유난히 희고 꼬리가 풍성한 게 한눈에 보아도 순종이다. 노인은 오늘이 유끼의 검진 날이라며 여자에게 병원 수첩을 건넨다. 노인은 의사에게 당부할 내용을 조근조근 설명한 후 유끼를 땅에 내려놓고 개 끈을 여자에게 쥐여준다. 그러고는 빈 유모차를 끌고 유리 출입문 안으로 서둘러 들어간다. 유끼는 노인이 사라진 유리문 쪽을 보며 심하게 짖어댄다. 유끼의 이런 모습이 철없는 아이 같다. 어미와 떨어진 후부터 유끼는 낯선 곳에 대한 두려움과 경계심이 더욱 커져갔다. 몸무게가 비만이라는 진단을 받고서야 노인은 여자에게 유끼의 산책을 의뢰했다. 하나뿐인 아들은 미국에 살고 있었고, 노인은 관절염 때문에 오래 걷는 걸 힘들어했다. 유끼는 노인과의 호젓한 생

활로 응석이 심했고, 산책을 나가는 날이면 방향감각을 잃었다. 어디든 앞만 보고 달리려는 습성이 산책을 힘들게 했다.

여자가 노인의 집을 처음 방문하던 날, 노인은 유끼의 부모와 조부모 출생지, 견주, 컬러, 그리고 주민등록번호가 적힌 국제 공인 혈통서를 보여주며 수입산 명품 애견이라는 사실을 확인시켰다.

"저…… 이런 애완견들은 얼마나 하나요?"

여자가 조심스레 물었다.

"족보 있는 개라 꽤 많은 돈을 지불했다우. 지금은 값으로 매길 수도 없지만…… 앤 이제 내 자식이고 손주라우. 매일매일 유끼의 반짝이는 눈과 재롱을 보면 시간이 어찌 가는지도 몰라."

노인은 값으로도 매길 수 없는 애견이라는 걸 여자에게 누누이 강조했다. 여자는 족보가 있는 롱 코트 치와와라면 족히 150 정도는 할 거라는 예상을 해보았다. 여자의 몇 달치 생활비였다. 노인은 작은 애완견과 50평대 아파트에서 서로 의지하며 살고 있었다. 노인에게 유끼는 자식 이상의 의미였다.

유끼는 아직 여자에게 적응하지 못했다. 여자가 아무리 목줄을 당겨도 꼼짝 안 했다. 유끼는 성격이 민첩하고 활달한 개지만 집 밖으로 나오면 영락없이 사회성이 부족했다. 여자는 준비해온 소시지를 가방에서 꺼내 입에 넣어주며 목줄을 강하게 당긴다. 유끼는 요구하면 얻을 수 있다는 규칙에 길들어져 잘 움직이지 않는다는 걸 여자는 알고 있었다. 앉아, 이리 와, 엎드려, 기다려, 이런 정도의 말을 이해하려면 얼마나 많은 간식을 주어야 할지 모른다. 아마 개와 인간이 가까워진 계기는 인간이 남긴 음식물 때문이라는 학설이 맞을지도 모른다.

며칠 전 여자는 유끼의 목줄을 잠시 놓친 적이 있다. 유끼가 도로를 향해 내달리는 통에 곤혹을 치렀다. 다행히 유끼를 잡을 수 있었지만 그 순간을 떠올리면 아직도 등골이 오싹하다. 여러 마리의 개를 몰다 보면 힘에 부칠 때가 종종 있다. 그럴 때면 손에 힘을 꽉 주어 가죽 끈을 놓치지 않으려고 애를 써야 한다. 잠시 방심하면 순식간에 개 끈을 놓칠 수 있다. 개들이 흩어지지 않게 팔을 앞으로 쭉쭉 내어뻗으며 걸어야 개들의 속도를 맞출 수 있다. 여자가 모는 애완견 종류는 코커스패니얼, 치와와, 퍼그 등 모두 혈통 있는 개들이다.

　개들은 시도 때도 없이 짖는다. 자전거를 타고 지나가는 사람에게 애완견들은 마치 장난이라도 걸듯이 달려들어본다. 주인에게서 떨어진 애완견들은 배터리가 떨어진 장난감처럼 감정이 없다. 여러 마리의 개를 줄로 매어 걷게 하는 것은 관절과 근육운동만 될 뿐이다. 개들은 낯선 사람에게 이끌려가는 것을 과히 좋아하지 않는다. 그저 자신이 가고자 하는 방향으로 서로 달리려고 안간힘을 쓴다.

　여자가 빌딩 숲을 지날 즈음 갑자기 바람이 불었다. 상공에서 부는 바람이 워낙 거세 개를 모는 데 불편을 주었다. 고층 건물에 부딪치면서 곧장 땅으로 내려오는 바람은 늘 돌풍에 가까웠다. 특히 비라도 내리는 날이면 우산이 휘어버리는 통에 여자는 우산을 몇 개나 못 쓰게 된 적도 있었다. 돌풍의 원인은 주상복합 아파트가 숲을 이루어 바람이 드나드는 길목을 막고 있는 탓이었다.

　여자가 개들과 함께 공원으로 들어선다. 공원으로 아침 운동을 하는 사람들이 제법 모여든다. 개들은 서로 자신이 원하는 방향으로 뛰려고 목줄을 당기거나 운동 나온 사람들을 보며 짖어댄다. 여자의 팔은 개들이 이끄는 대로 휘청거리곤 하지만, 자신이 용케 견디는 걸 보면 한편으로 뿌듯하다. 운동 나온 사람들 중에는 가끔 여자 혼자 여러 마리의 개들에게 휘둘리는 걸 안쓰럽게 보는 이도 있다. 호기심 많은 사람은 여자에게 다가와 묻기도 한다.

"이 많은 개들을 아가씨 혼자 다 키워요?"

"제 개는 아니고요. 아르바이트로 개를 산책시키는 중이에요."

"개를 산책시켜주는 일이 다 있어요?"

사람들은 개를 산책시키는 일이 있다는 말에 놀란 표정들이다. 그럴 때면 여자는 어깨가 으쓱해지기도 했다.

애완견의 아침 산책은 매일 하는 것이 원칙이다. 하지만 비가 오는 날이나 눈이 많이 오는 날, 바람이 심하게 부는 날에는 개들도 산책을 쉰다. 날씨에 구애를 받기 때문에 일정한 수입이 되지 않는 애로점이 있다. 하지만 여자가 할 수 있는 최선의 일이다. 애완견들의 사회성을 길러주고 건강을 지켜주는 산책은 여자가 처음으로 창업한 일이다. 앞으로 개들의 숫자가 얼마나 늘어날지 알 수는 없지만 이 일은 여자의 유일한 수입원이다.

5년생 퍼그 종인 쭌이가 갑자기 공원 바닥에 몇 덩어리의 똥을 떨어뜨렸다. 사람들이 운동하는 길목 쪽이라 불쾌감을 줄 수 있어 여자는 얼른 휴지를 꺼내 개똥을 집는다. 손에 한가득 차는 물컹한 질감에 온몸이 뻣뻣해진다. 데친 시금치 냄새가 여자의 코를 자극한다. 여자는 미리 준비해온 비닐봉지에 개똥을 휴지로 감싸 넣는다. 그것은 여자가 온전히 소유할 수 있는 것이었다.

공원을 한 바퀴 돌 때쯤 나무 풀숲 뒤에서 뭔가를 발견했다. 버려진 개다. 누군가 개를 버렸다. 이런 일은 공원에서 흔히 일어나는 일이다. 개는 상체를 세우고 쭈그린 채 앉아 있다. 여러 날 풀숲을 들쑤시고 다닌 듯했다. 종을 알 수 없을 정도로 털 빛깔이 바래기는 했지만 집에서 키운 흔적이 있는 애완견이 확실했다. 이미 엉켜버린 털은 뻣뻣한 철삿줄처럼 누추한 몰골이다. 여자를 보자 개는 무심히 눈을 돌린다. 뒤뚱거리는 걸음을 유심히 살펴보니 복부가 불룩 튀어나온 게 임신을 한 듯 보였다. 떠돌이 개가 임신을 했다는 건 그리 유쾌한 일이 아니다. 어쩌면 이 개는 빈민가의 개인지도 모른다. 종종 빈민가 사람들이 이 동네에 개를 버린다는 소문이 떠돌곤 했다.

개는 떠돌이 생활을 오래하면서 새끼를 가졌는지도 모른다. 여자는 애써 개를 외면하며 그 앞을 묵묵히 지나간다. 마음속으로 뒤돌아보지 말자는 다짐을 반복하며 개들을 몰고 걸음을 재촉한다.

여자는 일찍부터 혼자였다. 열아홉이 될 때까지 그룹 홈에서 생활을 했고 그후 독립을 했다. 혼자 힘으로 어렵게 대학이란 곳에 왔고 그래서 더 학업에 애착이 갔다. 여자는 대학 내에서도 그리 친한 동기가 별로 없었다. 휴학과 복학을 반복하다보니 친구들과 어울리며 대학 생활을 즐길 처지가 아니었다. 친구들은 여자와 어울리고 싶어했지만 여자는 친구들을 가까이 할 수 없었다. 수업이 끝나면 등록금과 생활비를 벌기 위해 일을 해야 하기 때문에 누구가 자신에게 다가오는 게 불편했다. 그런 여자의 성격 때문에 친구들은 멀어져갔고 띄엄띄엄 다니는 학교생활에 친밀감을 가질 수 없었다. 어느새 나이까지 많아지자 학교에서는 그저 존재감 없는 선배 언니로 통할 뿐이었다.

반복되는 휴학과 복학으로 여자는 점점 말수가 적어졌고, 같은 과

친구들은 여자를 깐깐하고 속내를 비칠 줄 모르는 옹졸한 선배로 여겼다. 하지만 여자는 결코 교만하거나 선배 노릇을 하려는 게 아니었다. 여자의 환경이 그네들과는 처음부터 다른 게 문제였다.

여자는 오랫동안 다양한 아르바이트를 해왔지만 시급이 신통치 않았다. 함께 일을 했던 친구를 통해 시급이 높은 일을 소개받은 적이 있었다. 도그워커를 하기 바로 전이었다. 제약회사나 대학병원에서 하는 임상실험 일이었다. 처음엔 피를 팔아 등록금에 보탠다는 사실이 썩 내키지 않았지만 짧은 기간에 현금을 만들 수 있는 일이었다. 여자는 높은 경쟁률을 뚫고 신체검사에서 운 좋게도 합격이 되었다. 건강하다는 게 큰 자산이 될 수 있다는 사실도 이때 깨달았다. 검증되지 않은 약을 먹는다는 게 마음에 걸렸지만 돈이 절실하게 필요했다. 여자는 나중에 벌어질 일을 서둘러 걱정할 겨를이 없었다.

"시간, 규칙, 질서, 이 세 가지를 꼭 지켜주셔야 합니다."

처음 여자가 ㅅ대학병원 임상실험센터에 갔을 때 간호사가 했던 말이다. 여자를 포함한 20명의 피실험자가 모이자 간호사는 당뇨병 신약 실험 일정과 주의사항을 설명했다.

"투약한 약의 성분이 혈중 농도에 유지되는 시간은 채 하루도 걸리지 않으니까 너무 겁먹을 필요는 없어요. 가끔 의식을 잃는 경우도 있지만 숙련된 의료진이 대기하고 있으니까 요양 왔다고 생각하고 마음 편하게 계세요."

여자는 침대에 누워 있었지만 잠이 오지 않았다. 왼쪽으로 돌아눕자 옆 침대의 긴 생머리를 한 여자가 눈에 보였다. 그녀는 『꿈을 실현하는 방법에 대한 실용서』라는 책을 진지한 눈빛으로 보고 있었다. 여자는 다시 몸을 뒤척이다 오른쪽으로 눈을 돌렸다. 카키색 면 티를 입은 여자가 영자 신문을 보면서 노란 형광펜으로 단어에 줄을 긋고 있는 모습이 보였다. 여자도 가만히 있기가 지루해 가방에서 뭔가를 꺼냈다. 박민규의 작품집이었다. 여자는 읽다 만 페이지를 폈다. 「비치 보이스」라는 제목이 눈에 띈다. 여자는 책을 읽다가 시답잖은 네 명의 남자 이야기에 왠지 공감이 간다는 생각을 했다. 그러면서도 은근히 양옆의 여자들이 신경이 쓰였다. 여자는 책을 읽다 말고 문득, 저 여자들은 자신보다 능력 있어 보이는데 같은 병실에 누워 있다는 게 도무지 이해가 가지 않았다. 그때 누군가 불 좀 끕시다, 라고 외쳤다. 취침 시간이었던 것이다.

다음날 아침 간호사는 팔에 주사기를 꽂고 플라스틱 카트를 끼워 피를 뽑았다. 그리고 15분 후, 전자시계를 보면서 자 이제 드세요! 라고 외쳤다. 여자는 빨간 약 두 알을 입에 넣었다. 다시 15분 뒤 첫 채혈을 했고, 72시간 동안 누워서 테스트 약품을 경구 투입한 후 시간마다 피를 뽑아야 했다. 혈액 내의 흡수율은 채혈을 통해 체크해야 하는데 그동안은 외부 출입이 금지되었다. 실험이 끝날 때까지 철저하게 통제된 연구소 내부에서 벗어날 수 없었다. 간이침대에 누워 물을 마시는 시간까지 제한을 받으며 간호사의 말을 따라야 했다.

아홉번째 주삿바늘이 혈관에 꽂힐 때 여자는 현기증과 구토 증세, 메스꺼움이 반복되었다. 그 시간을 잘 견뎌야만 했다. 만약 견뎌내지 못하고 간호사에게 이런 모습을 들켜버린다면 그날 일당만 손에 쥔 채 당장 퇴원을 해야 했다. 여자는 두려움이 조금씩 엄습했지만 3일 후에 받게 될 50만 원이란 돈을 떠올리며 몸의 저항을 견뎠다. 얼마

뒤 여자는 서서히 잠들었고, 간호사의 세수하고 오실래요?라는 소리
를 간간이 들었다. 점심과 저녁을 반수면 상태에서 먹은 걸 가까스로
기억해냈다.

3일 후 여자가 50만 원을 받아 나오는데 뒤에서 간호사가 하는 말
이 들려왔다.

"B7번 말이야, 벌써 네번째 아니야? 다음에도 꼭 연락해달라고 신
신당부를 하던데 빈혈 수치가 점점 높아져서 더이상은 곤란할 것 같
아."

여자는 자신의 이야기가 아니라는 데 마음을 쓸어내렸다. 그리고
자신도 B7번처럼 피실험 대상으로 이 병원을 자주 들락거릴 것 같다
고, 손에 쥔 돈 봉투를 보며 예감했다. 그 뒤 여자는 B7번보다 다섯
번 더 많은 횟수를 채우고 임상실험 일을 그만두었다. 3개월에 한 번
씩만 하게 되어 있는 임상실험 일을 여자는 한 달에 한 번꼴로 하는
바람에 심한 빈혈 증세를 일으켰다. 수시로 찾아오는 어지러움을 견
딜 수 없는 상태였다. 임상실험 블랙리스트에 오른 건 물론이고 실험
의 후유증으로 일을 그만두어야 했다. 언제까지 자신의 몸을 실험 대
상으로 만들 수는 없었다.

여자는 빈혈 증세 때문에 한동안 일을 할 수 없었다. 집에서 쉬는
동안 프랑스 영화 〈프라이스 리스〉를 봤다. 개를 산책시키는 일을 하
는 주인공 게드 엘마레를 보며 떠오르는 그림이 있었다. 바로 저 일이
야. 피를 뽑지 않아도 할 수 있는 일을 여자는 찾은 것만 같았다. 여자
가 사는 이웃 동네에는 애완견이 유난히 많았고 개를 산책시키는 일
이 귀찮거나 번거로운 일이라고 생각하는 사람도 있을 것 같았다. 더

구나 맞벌이 부부가 많아 분명 개를 산책시키는 일이 이색적이지만 필요할 거란 확신이 들었다.

'도그 워커에게 애완견들의 산책을 맡기세요. 개들의 일상을 책임 져드립니다. 산책시키는 비용은 시간당 6천 원입니다.' 여자는 이런 문구로 아파트 게시판에 전단지를 붙이고 다섯 마리의 개를 모으는 데 성공했다. 일을 시작할 무렵 여자는 시간당 얼마를 받아야 적당할 지 감이 서지 않았다. 처음엔 시간당 5천 원이라고 적었다가 곰곰히 생각해보니 자신을 고용하는 일에 법정 최저 임금을 적용할 필요가 없었다. 그래서 여자는 다시 시간당 7천 원이라고 적었다. 시급을 올 려 적기는 했으나 한편으로는 불안했다. 이 가격에 강아지를 맡기려 는 주인들이 있을지 의문이었다. 여자는 7이라는 숫자가 내내 낯설고 익숙지 않았다. 여자는 전단지를 다시 한번 곰곰히 쳐다보다가 이내 지우고 이번에는 6천 원이라고 적었다. 강아지를 봐주는 일이 그렇게 만만한 일은 아니지만 아직은 도그 워커라는 일이 사람들에게는 낯선 일일 수밖에 없었다. 여자는 일단 홍보를 한 뒤 경력이 붙으면 7천 원 이란 시급을 자신에게 주기로 결정했다. 애완견 산책 이외의 일들은 추가비용이라는 항목을 달았다. 분실에 대한 책임으로는 애완견 몸값 의 다섯 배를 손해 배상한다고 적어두었다. 그런 단서조항 덕인지 다 행히 여자는 다섯 마리의 개를 모았다. 처음에는 이색 직업을 가신 여 자에 대해 경계심과 노파심이 많았다. 하지만 얼마 지나지 않아 여자 가 성실하다는 것과 바쁜 주인들의 스케줄 덕에 우려감은 사라졌다.

여자는 개들을 관리하기 위해 나름대로 관련 서적도 읽었고 개의 행동에 대한 연구도 해보았다. 개가 하듯이 허공을 향해 짖어도 보고 앞발을 휘둘러보기도 했다. 여자는 마치 자신이 개인 양, 손으로 바닥을 친다든가 개의 얼굴 가까이에서 헐떡거린다든가 손을 개의 입처럼 사용해 짖는 시늉을 해보았다. 때로는 개의 관심을 끌기 위해 애처로운 눈빛을 보이기도 했다. 여자는 개들의 심리를 이해하고 싶었고 개들과 친해져야만 했다. 개들은 왠지 자신의 속을 이해할 것만 같았다.

한 시간의 공원 산책이 끝나고 여자는 개들을 이끌고 ㅎ사거리에 새로 생긴 애견 유치원으로 향했다. 테리와 라리가 다니는 유치원이다. 테리와 라리는 6년생 코커스패니얼 종으로 한배에서 태어난 남매견이다. 주인이 맞벌이 의사이다보니 아침마다 산책과 유치원을 여자가 책임져야 했다.

사거리 앞에서 신호를 기다리는 동안 간이 게시판이 여자의 눈에 띈다. 게시판에는 한 호텔에서 열리는 오페라 브런치 홍보 팸플릿이 붙어 있다. '맛있는 건강식 클로렐라 버거를 먹으며 여유롭게 뉴욕 메트로폴리탄 오페라를 즐기세요. 전문가의 해설과 함께하는 고화질 영상의 오페라로 당신을 초대합니다'라는 문구가 여자의 눈을 사로잡는다. 여자는 잠시 당신이라는 2인칭에 자신도 포함될 수 있는 날이 올까 하는 생각이 든다.

퍼피스쿨이라는 유치원 상호가 얄밉도록 도도하게 보인다. 3층짜리 건물에는 편백나무 욕조와 수영장이 갖춰져 개원하기 전부터 예약이 꽉 차 있었다. 더구나 디스크나 관절염을 앓는 애완견들에게 구명조끼를 입히고 수영을 시킨다는 소문에 더욱 사람들이 몰렸다. 펫 전용 거품 목욕제로 스파를 즐기고 아토피, 노령 안티에이징 관리까지 하는 이곳은 개들의 천국이었다.

유치원 통학차가 마침 건물 앞에 선다. 올망졸망 여러 마리의 개들이 내린다. 테리와 라리도 통학차를 타야 했지만 아침 운동 덕분에 여자가 통학을 시킨다. 애완견 주인은 강아지를 동물병원에 맡기는 것보다 낮 동안 돌보고 교육까지 시키는 애완견 전용 유치원을 더 선호했다. 사회성 훈련을 받는다는 의미에서 주인들의 만족도가 높았다. 유치원에 근무하는 교사들은 동물복지학, 동물행동학, 동물매개실습학 등을 공부한 전문가들이라고 했다. 라리의 주인은 꽤 만족해했다. 정신과 의사인 라리의 주인은 온종일 혼자 집을 지키는 외로움 때문에 테리와 라리의 성격이 포악해졌다고 했다. 그런 주인의 세심한 관심을 보면서 여자는 저 호사스러움이 처음부터 개들의 것이 아닌 자신의 것을 빼앗긴 것 같은 상실감이 들었다.

여자는 한 달 전 대학교 게시판에 해외 배낭여행 광고가 나붙은 걸보았다. '제5기 pilote 여름 대학생 자동차 유럽여행'이었다. 더구나 푸조 리스라는 프로그램은 자동차 7인승을 리스해서 조별 안내를 받으며 유럽을 누비는 프로그램이라는 점에서 더 설레게 했다. 아웃도어 캠핑 방식으로 숙소를 해결하는 게 여자의 마음에 들었다. 한 달동안 유럽 도시들을 누빈다는 건 정말 여자로선 상상할 수 없는 일이었다. 여자는 사이트에 들어가 여행을 다녀온 학생들의 후일담을 보며 꿈을 꾸기 시작했다. 여행 참가비는 430만 원이었다. 자신의 등록금과 맞먹는 참가비는 여자의 머릿속을 뱅뱅 휘저었다.

여자는 버스 정거장에서 97개의 계단을 올라와야 들어갈 수 있는 자신의 방에서 탈출하고 싶었다. 유럽의 고풍스러운 거리를 걷다보면 그 계단을 오랫동안 밟을 힘이 생길 것만 같았다. 다음 학기 등록을 미뤄볼까? 라는 생각을 해보곤 하지만 여자는 이내 고개를 저었다. 먼저 나이가 걸렸다. 휴학과 복학을 반복하는 사이 여자는 벌써 스물일곱이 되었다. 늘 페널티킥 앞에 서 있는 골키퍼의 불안감을 느꼈다. 졸업이 우선이고 취업이 우선이었다. 하지만 여행 프로그램은 여자를 유혹하기에 충분한 조건을 갖추었다. 여자는 개를 산책시키는 대가로 한 달 동안 버는 돈을 머릿속으로 셈해보았다. 40만 원에서 날이 좋으면 운 좋게 60만 원까지 받기도 했다. 많은 돈은 아니지만 건강을 해치지 않는 일이었다.

여자는 책상 앞에 여행 일정표를 뽑아두고 그 도시의 이름들을 가끔씩 불러보았다. 프랑크푸르트, 밀라노, 나폴리, 로마, 잘츠부르크, 피사, 파리…… 도시의 이름을 소리 내어볼 때마다 소원의식을 치르는 것처럼 경건했고 떨리기까지 했다. 여자는 그 의식이 무례한 꿈이라는 것을 통장을 꺼내 보며 확인했다. 아무리 여러 번 꺼내 보아도 숫자는 들판의 쑥처럼 자라지 않았다. 하지만 여자는 이제 70만 원만 더 모으면 다음 학기 등록을 할 수도 있고, 선택에 따라선 유럽 배낭여행을 떠날 수도 있다는 사실이 조금 위로가 되었다.

여자는 테리와 라리를 데리고 유치원 현관으로 들어선다. 그때 마침 현관 자동문이 열리며 이십대 아가씨가 나와 여자를 향해 인사를 한다.

"테리야, 라리야 유치원 왔구나."

아가씨는 테리와 라리를 웃으며 받아든다.

"라리가 어제부터 설사를 했대요. 점심에는 사료를 반으로 줄여주시고요, 수영은 오늘 쉬는 게 좋겠어요."

여자의 당부에 아가씨는 그럼요 걱정 마세요, 라며 테리와 라리를 안으로 데리고 들어간다. 여자는 애완견들을 따라 현관 너머의 세계로 들어가고 싶은 욕망에 휩싸인다. 갑자기 개가 되고 싶은 건가? 라리와 테리 대신 그 안에 자신이 들어가 살아보면 어떨까 하는 호기심까지 발동했다. 여자는 이 일을 하는 동안 열등감과 야릇한 분노의 이중적 감정에 시달렸다. 사람이 입는 옷보다 비싼 옷을 동물에게 입히고 하룻밤에 몇만 원씩 하는 호텔에서 개나 고양이를 재운다는 사실은 해외토픽에서나 들어본 이야기였다. 반려동물을 아끼는 사람에겐 이곳은 사막의 오아시스 같은 곳이다. 이곳에 올 때마다 알 수 없는 우울감이 여자를 괴롭혔다. 그렇다고 여자가 개를 미워하는 건 아니었다.

여자도 개를 키운 적이 있다. 유방암으로 죽었지만. 여자는 단지 혼자 지내는 게 싫어 떠돌이 개를 데려왔다. 개는 키우는 동안 건강했다. 그런데 함께한 지 5년을 채우지 못하고 병이 난 것이다. 개의 가슴을 만져주다보니 몽우리가 잡히면서 딱딱한 느낌이 손을 통해 전해왔다. 유두에서는 노란 진물이 질질 흘렀다. 여자는 무서웠다. 동물은 보험이 되지 않는데다 병원비까지 오른 데에 대한 동물보호단체의 항의를 신문에서 본 적이 있었다. 떠돌이 개를 덥석 집으로 데리고 들어온 게 잘못이었다. 개가 아플 거라는 생각을 해보지도 못했던 자신을 닷했나. 여자는 개의 상태가 심상치 않음을 알고 큰맘 먹고 병원에 데려가 CT 촬영을 해보았다. 예상대로 유방암이었다. 의사는 종양을 제거해주는 수술부터 하라고 했지만 여자는 망설였다. 대학 등록금의 반 이상이 나가야 하는 수술에 선뜻 응하기는 어려웠다. 개의 암 투병을 받아들이기는 쉽지 않았다. 더구나 수술해서 완쾌된다면 모르지만 재발 위험성을 안고 있어 수술을 포기해야만 했다. 여자는 방에 개가 없는 시간들을 떠올려보았다. 다시금 혼자가 된다는 건 여자가 숙명처럼 견뎌야 하는 지독한 외로움이 다시 시작된다는 것이었다. 언제나 함께 잠자리에 들면서 따뜻한 체온을 느끼던 개였다. 머리에 비해 유난히 큰 귀, 동그란 눈, 거칠지만 쓰다듬고 싶은 털이었다. 혈통도 알 수 없는 잡종견이었지만 여자만 보면 미친 듯이 꼬리를 흔들며 바닥을 치던 개였다. 여자는 그런 개를 포기하기로 결심했다. 떠돌이 개는 찾으려고 마음만 먹으면 거리에서 얼마든지 또다시 데려올 수 있었다. 개는 개일 뿐이야. 이렇게 스스로에게 주입시켰다. 개에게는 사람이 먹는 것보다 더 좋은 사료를 줄 수 없고, 주인과 떨어져 밖에서 자는 게 맞다는 생각이 들어 함께 자던 습관부터 고쳤다. 정을 떼야 하는 게 우선이었다. 자기암시는 효과가 있었다.

개가 죽던 날을 여자는 잊지 못한다. 개는 며칠간 물 한 모금 먹지 못하고 꼼짝없이 누워만 지냈다. 여자는 안쓰러운 마음에 개를 안고 병원에 가 링거를 맞히고 돌아왔다. 그 덕인지 개는 금세 죽지 않고 숨을 붙이고 있었다. 여자는 그날 현관 입구에 누워 있던 개가 자신이 앉아 있는 자리까지 느릿느릿 걸어오는 걸 보았다. 믿을 수 없었다. 며칠 동안 링거 힘으로 버티고 있던 개였다. 비척거리며 다가오던 개는 여자의 무릎이 있는 곳에서 걸음을 멈췄다. 개는 여자의 무릎에 자신의 머리를 대고 누웠다. 여자는 마지막 힘을 다해 자신에게 다가온 개의 머리를 오랫동안 쓰다듬었다.

여자는 개의 사체를 박스에 넣어 한 시간쯤 버스를 타고 가 인근에 있는 낮은 산에 묻었다. 여자는 개를 묻을 때까지 담담했다. 부모의 죽음을 견딘 적이 있기 때문에 개의 죽음 정도는 견딜 수 있다는 생각이었다. 여자는 양지바른 곳에 개를 묻고 집으로 돌아와 텅 빈 방으로 들어섰다. 방문을 열고 안으로 들어섰을 때 언제나 있어야 할 자리에 개가 없다는 사실을 알았다. 개 짖는 소리조차 없는 텅 빈 방이 적막했다. 여자는 개가 늘 앉아 있던 방석을 껴안고 마침내 참았던 울음을 터뜨렸다.

여자는 남은 두 마리의 개를 몰고 다시 로터리 쪽으로 발길을 돌린다. 빌딩 숲을 지나가기 전 잠시 고개를 돌려 공원 쪽을 바라본다. 문득 버려진 암캐가 아직도 공원에 있을지 궁금했다. 여자는 잠시 머뭇거리다 다시 고개를 흔들고 앞을 향해 두 마리의 개와 함께 걷는다. 여자는 개가 죽은 후 자신이 책임지지 못할 값싼 동정심 따위는 버리기로 굳게 마음먹었다.

주상복합 빌딩 사이로 다시 바람이 휑하니 분다. 골바람은 언제나 여자를 뼛속까지 기분 나쁘게 만든다. 여자는 숨이 턱 막힐 것 같은 헛헛함에 고개를 돌린다. 애완견들도 바람이 싫은지 느리게 걷는다. 여자가 바람을 피해 빌딩 벽으로 바짝 몸을 붙여 걸을 때 돌풍이 느닷없이 휘몰아치며 지나간다. 바람 소리가 마치 덜컹거리는 불도저 소리처럼 들린다. 여자는 잠시 쇼핑 센터 빌딩 앞에 놓인 자판기 쪽으로 가서 동전을 넣고 커피를 한 잔 뺀다. 여자는 잠시 쉬어가기로 한다. 커피를 마시는 동안 개들은 킁킁거리며 바닥의 냄새를 맡는다. 여자에게는 더없이 여유로운 시간이다.

쇼핑 센터 맞은편 건물에 '모뮈스'라는 상호의 카페가 보인다. 모뮈스라는 상호를 보자 미학 교수가 추천해준 라보엠의 원작이 떠오른다. 오늘날 모뮈스의 존재감을 느끼게 해준 작품이라며 누누이 읽어보기를 강요했다. 가난하고 이름 없던 무명작가인 뮈르제가 즐겨 찾았다는 카페 모뮈스. 그곳은 고흐도 보들레르도 발자크도 주정을 하며 위로를 받던 공간이었다.

세 명의 젊은 여자들이 통창 쪽의 테이블에 앉아 여자의 개들을 바라본다. 그중 한 여자가 커피 잔을 들고 조심스레 입을 대고 있다. 테이블에는 달달한 와플이 올려져 있고, 바리스타 챔피언이 토끼나 사람 얼굴의 모양을 만들어주는 라떼를 마시고 있을 거라는 짐작을 해본다. 여자는 잠시 자신이 마시는 자판기 커피를 들여다본다. 여자의 커피와 건너편 여자들이 마시는 커피의 차이점이 있다면 수제 커피와 자동 커피라는 점. 무엇보다 고급 원료를 사용한다는 차이가 지구에서 명왕성의 거리만큼 느껴진다. 여자는 마시던 커피 잔을 쓰레기통으로 툭 던져버린다. 여자는 모뮈스에서 위로가 아닌 모멸을 느낀다. 고개를 돌려 맞은편 높은 주상복합 빌딩을 바라보며 잠시 높은 빌딩이 지진으로 와르르 무너지는 상상을 해본다.

여자는 51타워 1층에 있는 치료멍멍 병원으로 들어선다. 벽 쪽으로는 아로마 스파 제품들이 진열되어 있고 스파 치료를 위한 히노키 욕조도 보인다. 애견을 위한 스파 치료나 아토피 피부염을 위한 병원으로 유명한 곳이다. 대기실에는 장모종 페르시안 고양이가 어슬렁거리며 손님들의 눈길을 끌고 있다. 병원에서 키우는 고양이다. 장모종의 진회색 털이 거만하게 느껴진다. 여자가 병원 수첩을 수납 창구에 내고 순서를 기다린다. 유끼는 벌써부터 침을 질질 흘리며 바닥에 똥까지 떨어뜨려놓고 성마르게 짖어댄다. 함께 온 쭌이까지 덩달아 놀라 정신없이 짖는다. 유끼는 유난히 두려움이 많은 개라 병원에 올 때마다 늘 애를 먹는다. 여자는 얼른 비닐주머니를 꺼내 바닥에 떨어진 똥을 휴지로 감싼다. 휴지 안 감촉이 따뜻하다. 여자는 얼른 손에 쥔 것을 비닐봉지에 넣고 유끼를 진찰대에 안아 내린다. 순간 유끼가 버둥대며 달려드는 바람에 날카로운 발톱이 여자의 손등을 할퀴고 만다. 여자는 손등의 살점이 깊게 팬 것도 아랑곳하지 않고 끝까지 유끼를 무사히 내려놓는다. 여자는 수의사에게 광견병 접종과 아토피 피부에 좋다는 한방 스파까지 해달라는 말을 하고 쭌이를 데리고 병원을 나온다. 그러고는 쭌이를 집으로 데려다주기 위해 H 주상복합 아파트로 향한다.

쭌이의 주인은 오늘 백화점 문화센터에 가는 날이라 쭌이만 아파트 경비실에 놔두고 가야 한다. 여자가 101동 앞에 다다르자 황동으로 도금한 엔틱한 현관문이 웅장하게 여자의 출입을 가로막고 있다. 쭌이를 맡기려면 현관 안의 로비로 들어가야 한다. 입주자 보안카드가 없이는 겹겹의 보안장치가 된 문을 통과할 수 없다. 여자는 자신의 현실이 이런 보안장치처럼 굳건하게 잠겨 있는 듯한 느낌을 받는다. 이문 너머는 들어갈 때마다 알 수 없는 긴장감이 돈다. 여자는 용역 경비를 부르는 벨을 눌러 간신히 로비 안까지 들어간다. 여자가 1층 로비에 잠시 서서 방문 카드에 기록을 하고 있는데 누군가 등뒤에서 여자의 이름을 부른다.

"너…… 혹시 유진이 아니니?"

여자가 뒤를 돌아보자 짙은 네이비 컬러의 꽃무늬가 깜찍한 원피스를 입은 여자가 아는 척을 한다.

"누구?"

"나 몰라? 같은 과였는데 기억 안 나나봐? 1학년 2학기 하고……
아마 3학년 1학기였나? 하긴 내가 미국 어학연수 때문에 꾸준히 다니
질 못해 다 기억하기 힘들지도 모르겠다."

여자는 그녀의 얼굴을 자세히 뜯어보았다. 브라운 톤 웨이브 컬러
의 화사한 얼굴이 실버 그레이 대리석 바닥과 묘하게 어울렸다. 세상
이 오직 그녀만을 위해 존재할 것 같은 얼굴이다. 여자의 기억 속에
그녀는 가늘고 긴 다리를 가졌고 우아한 기품과 고급스러움이 묻어
나는 이미지였다. 그래서 도무지 그녀 곁에 선뜻 다가설 수 없는 그런
정도의 관계였다. 여자는 뒤늦게 알은체를 하며 반가운 표정을 과장
되게 지었다.

"근데 너 여기 살아? 나도 여기 사는데…… 그동안 왜 한 번도 못
봤지?"

여자는 그녀의 의구심에 순간 당황한다. 여자가 생각지도 못한 질
문에 난감해하며 어색한 미소를 짓는 사이 다행히 그녀의 눈길이 쭌
이에게로 향한다.

"와! 이 강아지 너무 귀엽다. 나도 강아지 키우고 싶은데 남편이 강
아지를 싫어해."

남편이라는 단어가 여자의 귀에 화살처럼 꽂힌다.

"너 벌써 결혼했어?"

"으음…… 좀 빨리 했지. 학교 졸업하고 할 일이 없어서 결혼부터
했어. 근데 너는?"

"나?…… 난…… 다니던 직장이 마음에 안 들어 쉬고 있는 중이야."

여자는 조금 더듬거렸지만 순발력 있게 거짓말을 했다.

"그래 스트레스 받으며 회사 다니면 뭐해. 몇 푼 주지도 않는데. 개나 데리고 노닥거리는 게 속 편하지. 너 여기 사는 거 아니까 하늘공원에서 가끔 보자. 거기서 강아지 산책도 하고."

그녀는 집요하게 여자의 핸드폰 번호까지 물었다. 그리고 기어이 자신의 핸드폰에 입력을 해두는 성의를 보였다. 여자는 그녀가 진심으로 자신을 반기는 걸 알지만 그런 태도가 점점 부담스러웠다. 오로지 로비를 빨리 벗어나고픈 생각뿐이었다. 그녀는 한동안 쭌이에게서 눈을 떼지 못하다가 겨우 로비를 벗어나 엘리베이터를 탔다. 여자는 이 아파트에 살지 않는다는 말을 끝까지 안 한 게 왠지 마음에 걸린다. 여자는 급체를 한 사람처럼 가슴이 답답해지면서 식은땀이 송골송골 돋는다. 그녀가 사라진 후 여자는 쭌이를 경비원에게 던지다시피 하고 로비를 간신히 빠져나온다. 표현할 수 없는 막막한 우울감이 엄습하면서 불쾌한 기분을 떨칠 수가 없다. 오늘밤이라도 당장 그녀가 하늘공원으로 자신을 불러낸다면 무슨 핑계를 대야 할지 고민이다. 하늘공원은 아파트 9층에 있는 주민 전용 공간이라 외부인은 함부로 출입조차 할 수 없는 곳이다. 여자는 핸드폰 번호를 그녀에게 알려준 게 뒤늦게 후회가 된다.

병원으로 가던 중 다시 공원이 보이자 여자는 떠돌이 개가 궁금해진다. 아직도 개가 그 자리에 있을까라는 생각을 하며 자연스럽게 공원 안으로 발길을 돌린다.

공원은 아침과는 달리 운동하는 사람들이 많이 줄어 한산하다. 맨 처음 떠돌이 개를 발견한 풀숲으로 가보았지만 개는 보이지 않는다. 어쩐지 개가 있던 자리가 텅 빈 게 쓸쓸해 보인다. 조금만 더 기다리 면 만날 수 있을 텐데…… 여자는 푸념처럼 중얼거려본다. 공원을 한 바퀴 돌면서 개가 사라진 게 어쩌면 다행인 것 같다고 생각한다. 개가 또다시 여자의 눈에 들어왔다면 어려운 결정을 해야 할지 모르기 때 문이다. 다시는 떠돌이 개에게 정을 주고 싶지 않지만 퀭한 개의 눈이 어쩐지 가슴에서 화인처럼 지워지지 않는다. 버려질 수밖에 없는 건 떠돌이 개의 운명일 수 있다. 이렇게 버림받은 개들은 이 도시 어딘가 에서 아직도 주인을 찾을 수 있다는 희망을 품고 기다릴 게 분명하다. 하지만 주인은 결코 버린 개를 찾지 않는다. 주인은 개에게 희망 고문 을 줄 뿐이다.

여자가 핸드폰으로 시간을 확인한다. 유끼를 데리러 병원으로 가야 할 시간이다. 치료멍멍 병원으로 가면서 좀전의 무거운 기분을 조금 털어낼 수 있었다. 오늘이 바로 유끼의 첫 산책료를 받는 날이다. 이 번 달은 유난히 날이 좋아 산책한 횟수가 많았다. 더구나 노인이 이틀 동안 집을 비운 사이 여자는 하루에 한 번씩 집에 들러 유끼에게 물과 사료를 주며 몇 시간을 놀아주기까지 했다. 여자는 머릿속으로 추가 요금을 계산해보며 기분이 점점 좋아지는 걸 느낀다.

병원 문을 열고 대기실 안으로 들어가자 유끼는 기다렸다는 듯이 여자에게 달려와 꼬리를 흔들며 짖어댄다. 유끼는 목욕과 미용까지 마치고 더 말끔해졌다. 여자는 수의사에게 아토피 습진에 대한 치료 연고와 약을 받았다. 안고 있던 유끼에게 목줄을 달아주려다 발이 땅에 닿는 게 꺼려져 그냥 안고 가기로 한다.

ㅌ펠리스가 멀리 보일 때 갑자기 핸드폰이 울린다. 여자가 전화를 받자 애완견 의뢰인이었다. 상담이 길어질 것 같아 여자는 잠시 버스 정거장 간이의자에 앉아 상담을 하기로 한다.

"아! 시베리안 허스키요?"

"얼마 전에 분양을 받았는데 운동을 자주 시키라고 해서요. 근데 전 게을러서 규칙적으로 운동을 못 시키거든요."

여자는 의뢰인의 견종이 시베리안 허스키라는 사실에 당황했다. 시베리안 허스키는 덩치가 너무 커서 여자가 감당할 수 있는 개가 아니었다. 더구나 산책이 아닌 운동이었다. 의뢰인이 너무 간곡히 운동을 요구하는 바람에 난감했다. 여자는 의뢰인이 서운해하지 않도록 요령 있게 거절을 하느라 한참 동안 애를 먹었다. 여자가 전화를 끊은 후 의자에서 일어서는데 뭔가 손이 허전하다. 유끼! 여자의 품에 있어야 할 유끼가 보이지 않는다. 방금 앉았던 의자에도 흔적이 없다. 여자는 갑자기 머리가 띵하고 속이 울렁거린다. 핸드폰 탓이다. 여자는 고작 한 통의 전화 때문에 유끼를 소홀하게 다루었다는 사실에 화가 난다. 어디부터 잘못된 것인지 의자에 앉는 순간부터 기억을 떠올려보지만 어떤 그림도 떠오르지 않는다. 여자는 분명 유끼를 안고 의자에 앉았고 오른손으로 핸드폰을 들어 통화를 했다. 왼손으로는 유끼를 의자에 앉혀놓고 손가락으로 털을 만지던 기억까지 떠올렸다. 기억은 털의 감촉까지였다. 여자의 입이 타들어가면서 심장박동이 빨라진다. 여자는 다급하게 사방을 두리번거리며 버스를 기다리는 사람들에게 유끼에 대해 묻는다. 사람들은 무표정하게 차도에만 눈길이 가 있고

개 따위는 관심이 없다는 반응이다.

  길 건너편의 ㅌ펠리스가 여자 앞으로 기우뚱거리며 무너질 듯 보인
다. 사물이 빙글빙글 돌아 여자를 곧 덮칠 것 같은 현기증이 인다. 여
자는 정거장 기둥에 등을 기댄 후 잠시 유끼 생각을 해본다. 자신이
내걸었던 분실에 대한 책임 부담금이 여자의 목을 조였다. 다섯 배라
면 등록금으로 모은 돈을 다 줘도 모자랐다. 여자의 귀에서 웽웽하는
벌소리 같은 게 이명처럼 들린다. 마음이 다급해진 여자의 눈에 정거
장 뒤쪽의 아파트 단지가 들어온다. 혹시나 하는 마음으로 여자는 아
파트 단지 쪽으로 걸음을 바삐 옮긴다. 그 순간 도로변 위에서 끼이익
하는 파열음이 여자의 귀를 파고든다. 순간 여자의 몸에서 소름이 돋
는다. 여자는 도저히 뒤를 돌아볼 여력이 생기지 않는다. 누군가 개
다! 하는 소리에 여자는 숨이 멎을 것만 같다. 간신히 고개를 들어 도
로 위를 물끄러미 바라본다. 도로 위에 붉은 핏자국이 스키드마크처
럼 선명하게 보인다. 그 몇 초의 시간은 여자의 의식을 정지시켰고,
두려움이 엄습했다. 사람들이 웅성거리며 몰려들었고, 잠시 후 승용
차 운전자는 발로 무언가를 갓길로 밀어버린 후 별것 아니라는 듯이
그 자리를 떠난다. 여자의 손끝이 덜덜 떨린다. 여자는 6차선 도로 위
를 신호도 보지 않고 무작정 걷는다. 차도를 무리하게 걷는 바람에 경
적 소리가 귀를 찢을 만큼 요란하게 들린다. 여자는 속앓이를 하는 것
처럼 남방 깃을 손으로 움켜쥔 후 타들어가는 입술로 유끼, 유끼!라는
이름만 뇌까린다. 후들거리는 다리로 간신히 건너편 갓길까지 다가갔
을 때 갓길 구석에 팽개쳐진 개를 응시한다. 개의 하복부에서는 붉은
내장이 밖으로 삐져나와 바닥에 너덜거렸고 붉은 생리혈 같은 핏덩

어리들이 누런 분비물과 함께 여자의 발치께로 천천히 흐르고 있다. 여자는 쓰러진 개가 떠돌이 개라는 걸 털 빛깔을 보고 안다. 개는 이미 숨이 끊어진 듯 미동이 없다. 비릿한 피냄새가 여자의 코끝까지 올라온다. 여자는 죽은 개가 유끼가 아니라는 사실에 안도하며 다시 도로와 인도를 둘러보지만 유끼는 보이지 않는다. 여자는 누군가 자신의 목젖을 누르는 것 같아 호흡이 가빠지며 급기야는 배를 움켜쥐고 구역질을 해댄다. 여자는 꺼억꺼억 하며 노란 신물을 토해낸다. 특별히 먹은 것도 없는데 여자의 마른 구역질이 쉬이 멈추지 않는다. 여자는 자신의 입에서 쏟아내는 게 죽은 개의 핏덩어리처럼 보인다. 머릿속이 핑그르르 돌면서 하늑거리는 다리가 도로에 주저앉는다. 주기적으로 오는 빈혈이다. 여자의 손끝에 뭔가 차가운 체온이 느껴진다. 개의 머리다. 여자는 무거운 눈꺼풀을 힘겹게 들어 손끝으로 개의 빳빳해진 머리를 천천히 쓰다듬는다. 여자는 개가 죽은 게 꼭 자신 때문인 것 같다. 여자가 무거운 머리를 들어 하늘을 응시한다. 초점을 잃은 여자의 눈 위로 ㅌ팰리스가 와르르 무너지는 환영이 아른거린다.

라스코 동굴

아버지가 여행사에요?

할머니의 느닷없는 전화를 받은 후 나는 하마터면 손님 상에 나갈 뜨거운 돌 냄비를 엎을 뻔했다. 아버지라는 말이 주는 어감이 너무 아련했다. 주말이라 예약 손님들이 저녁도 되기 전에 몰려들었다. 사장은 주방과 홀 사이에 서서 끝없이 잔소리를 했다. 밥 볶을 때 성의 있게 볶아라. 13번 테이블에 주문 받아라. 반찬 떨어졌나 손님 상 살펴라 등등 내가 일하고 있는 걸 뻔히 보면서 팽이 돌리듯 일을 시켰다. 가뜩이나 할머니의 전화로 더이상 홀 서빙을 할 수 없는 상황이었다. 퇴근을 하려면 아직도 한 시간이나 남아 있다. 오후 5시면 교대할 알바생이 오기로 되어 있지만 더이상 지체할 시간이 없다. 주방 아줌마가 미역줄기를 접시에 담으며 눈짓을 했다. 나는 사장의 눈치를 슬금슬금 보다가 기어이 말을 꺼내고 말았다. 저 오늘은 시간을 다 못 채울 것 같아요. 집에 급한 일이 생겨서요. 사장은 떨떠름한 표정으로

이유를 물었다. 지금 주말인 거 몰라? 장양이 이대로 나가면 홀 서빙
은 누가 하나? 사장의 날 선 목소리에 주눅이 들었다. 사장은 이 넓은
홀에 언제나 알바를 한 명만 고용했다. 갑자기 몸이 아프거나 집안에
일이 터져도 가게가 먼저라고 생각하는 사장이다. 1년이 지나도록 따
뜻한 말 한마디 건넬 줄 모르고 종업원의 사정 따위에는 귀 기울이지
않았다. 혹시 집 핑계 대고 땡땡이치는 거 아냐? 사장은 끝까지 내 말
을 믿으려 하지 않았다. 나는 그런 사장의 머리를 한 대 치고 싶은 걸
간신히 참고 정말이에요, 라는 말만 하고 전화에 대해 입을 다물었다.
사라진 아버지가 4년 만에 여행사에 불쑥 나타났다는 말을 차마 할 수
없었다. 사장의 허락을 겨우 받은 후 젖은 앞치마를 집어던지고 소 울
음소리가 나는 가게 문을 열고 밖으로 나왔다. 역으로 부지런히 걸었
다. 아직도 귓가에 할머니의 다급한 목소리가 쟁쟁히 들리는 것 같다.

　니 에미는 정씨네 딸 여운다고 대구에 가번졌으니 워쩌냐. 그래도
니가 그 여행사에서 가장 가깝제. 니 애비가 거그에 나타나 뭔 벵기
표를 내놓으라는디 도통 뭔 소릴 허는지 모르것네. 거그서 니 애비를
붙잡아논 것같이 야그허는디 참말인지 니 눈으로 확인허고 맞으면 데
불고 오그라.

　4년 전에 사라진 아버지가 시청 근처에 있는 D여행사에 나타났다
는 게 도통 믿어지지 않았다. 그동안 전화 한 통이 없었던 아버지였
다. 그런데 갑자기 여행사? 아버지의 행방에 대한 의문이 꼬리를 물
고 이어졌다. 아버지가 사라진 건 내가 고등학교에 입학하기도 전이
었다.

　아버지가 사라지기 전 간절히 원하던 것이 있었다. 그건 바로 동굴

탐사 여행을 하는 것이었다. 아버지는 회사를 그만둔 이후부터 라스코 동굴 탐험에 나서고 싶다는 말을 종종 해왔다. 프랑스 남서쪽에 있는 15000년 된 동굴을 부득불 가야겠다는 아버지의 선언은 한마디로 쿠데타 같은 거였다. 아버지는 고고학자가 되는 게 원래의 꿈이었는데 선친의 가난이 아버지의 꿈을 좌절시켰다. 아버지는 선사시대의 유적과 유물에 대한 관심이 유난히 많았다. 인간이 남긴 각종 흔적에 대한 탐구는 아버지의 취미처럼 되어버렸다. 아버지가 특히 라스코 동굴에 대해 관심을 보인 건 아마도 '사냥꾼의 눈'으로 동물을 쫓는 동굴 벽화의 특징 때문일 것이다. 아버지는 벽화 그림까지 구해와 거실 한쪽에 걸어두었다. 동굴 벽화에는 들소, 야생마, 사슴, 염소 등이 있었고, 드문드문 고양이나 주술사로 보이는 사람도 있었다. 벽화는 빨강 노랑 갈색을 칠한 채색화가 많았다. 아버지는 원시인들의 소박한 주술적 신앙을 추앙하듯이 벽화에 큰 매력을 느꼈다.

아버지가 회사를 그만둔 건 감원 바람이 불면서였다. 당시 매출 부진의 중소기업들은 전체 인력의 20퍼센트를 감원한다는 발표가 있었고, 그뒤 회사 동료들이 하나둘씩 직장을 떠났다. 아버지는 성실했기 때문에 회사에서 감원당할 일이 없어 보였다. 좋은 대학을 나오지는 않았지만 무식하리만큼 성실했다. 작은 제약회사의 만년 과장이었던 아버지는 늘 한 시간 일찍 출근해야 직성이 풀리는 성품 때문에 우리 가족의 기상 시간은 새벽 6시였다. 그런 아버지가 마시지도 못하는 술을 얼근히 마시고 집으로 들어왔던 날, 벌건 얼굴을 한 채, 죄송해요, 저 사표 내게 됐어요, 그 한마디만 불쑥 내뱉고 거실 바닥에 고꾸라졌다. 가족들은 모두 어리둥절했으나 아버지의 주사쯤으로 여겨

아무도 그 말을 믿는 사람이 없었다.

다음날 아버지는 겸연쩍은 표정으로 사표를 낸 이유에 대해 진지하게 말을 꺼냈다. 이유는 기가 찰 정도로 사소했다. 동료 직원이 감원당하는 분위기에서 일할 의욕이 나질 않는다고 했다. 그래서 명예퇴직을 신청했다는 아주 사치스러운 답변이었다. 그 말을 하는 아버지의 얼굴은 꼭 네안데르탈인같이 보였다. 네안데르탈인은 뇌가 컸지만 말을 잘 못해서 위험을 인식하지 못해 죽은 원시인이다. 아버진 호모사피엔스처럼 현생 인류로 진화를 못 한 듯 보였다. 남들은 구조조정으로 잘렸을 거라고 오해하겠지만, 그는 잘린 게 아니라 스스로 그만뒀다고 누누이 강조했다. 우리 가족은 아버지의 말을 믿었다. 왜냐하면 그의 성격으로 봐선 의심할 여지가 없었다. 원시인들은 그날 먹을 수 있는 양만 사냥했지 축적하거나 쌓아놓지 않는다는 교과서적인 이야기를 가슴에 품은 남자다. 아버지는 부서원이 잘려나간 상황에서 일할 맛이 안 난다며 그 거룩한 양심을 운운했다. 우리 가족은 아버지의 쓸데없는 배려의 모습에 입이 다물어지지 않았다. 아버지는 용기를 내지 않아도 되는 일에 오버하는 경향이 있어서 늘 가족을 불안하게 했다. 아버지의 명예퇴직에 가장 반발했던 어머니는 믿기지 않는다는 반응을 보였다. 만우절이 지난 지가 언젠데 그런 거짓말을 해? 농담이지? 어머니는 아버지가 우리를 잠시 놀리는 것쯤으로 여겼다. 하지만 아버지의 진지한 표정을 본 후 놀란 어머니는 조곤조곤 애 다루듯이 타일렀다. 사람이 누울 자리는 만들어놓고 다리를 뻗든 해야 할 것 아니야? 어려운 시기에 당신이 무슨 총대 멜 일 있냐고…… 멀쩡한 회사를 의리 때문에 팽개쳐? 의리 같은 건 드라마에서나 나오는 얘기라는 거 몰라? 이 답답한 양반아. 어머니는 말이 끝날 즈음에는 결국 격앙되게 소리를 냅다 지르고야 말았다. 할아버지와 할머니는 뜬금없는 아버지의 사표에 허리를 곤추세우며 긴장을 했고 내내 표정이 어두웠다. 반면 나와 오빠는 하루아침에 회사를 그만둔 실직자 아버지에 대해 아무런 느낌이 없었다. 요즘 밥 굶어 죽었다는 소리는 못 들어서 그런지 별반 걱정이 되지 않았다. 나는 아바타 꾸미기에 열을 올렸고, 오빠는 학교에서 수재 소리를 들어가며 성적을 가파르게 올리고 있던 때였다. 아버지의 실직에 오로지 어른들만 긴장하였다.

홍대입구역 객차 안은 승객들로 붐볐다. 아버지라는 말에 아직도 심장이 두근거리며 초조하기까지 했다. 지하철 노선표를 보니 10분 정도면 시청에 도착할 것 같았다. 아버지가 그사이에 사라지기라도 한다면 또다시 행방을 놓칠 게 뻔했다. 어쩐지 아버지가 어디선가 내 이름을 부를 것 같아 자꾸 주변을 두리번거리게 됐다. 왠지 이 객차 안에서 불쑥 튀어나올 것만 같은 느낌이었다. 나는 손잡이에 힘을 주고 눈앞에 있는 형광 광고판을 바라보았다. 코뿔소가 저돌적으로 튀어나올 것 같은 피로회복제 광고였다. 광고 밑단에 전화번호가 도드라져 보였다.

아버지가 퇴직한 이틀 뒤, 집으로 한 통의 전화가 걸려왔다. 회사 동료인 진 과장님이었다. 심적 고통이 크시죠? 과장님께서 이렇게 맥없이 밀려나실 줄은 생각도 못했어요. 정말 성실하셨는데…… 부서 통폐합이 되는 과정에서 임상시험 관리부서가 없어질 줄은 아무도 몰랐거든요. 워낙 힘이 없는 부서라서……

우리 가족은 그 문제의 전화로 아버지가 회사에서 확실하게 정리되었다는 것을 알았다. 아버지는 가족들에게 명예로운 퇴직을 운운했지만, 실상은 명예롭지 못한 퇴직이었다. 아버지는 구조조정으로 인해 어쩔 수 없이 밀려난 거지 결코 스스로 명예퇴직을 한 건 아니었다. 모두들 아버지의 퇴직에 대해 입을 굳게 다물었다. 우리 가족은 씁쓸했지만 솔직하게 말을 꺼낼 수 없었던 아버지의 자존심은 살려줘야 한다고 여겼다.

그 일이 있은 후 아버지는 자신의 관심사였던 문화 유적 동호회 활동만 간간이 했다. 그러던 중 그 동호회에서 아버지가 라스코 동굴에 대한 주제를 발표할 기회가 있었다. 준비 과정에서 라스코 동굴에 대한 자료를 모으기 시작했고, 거실에 걸린 실크 스크린으로 처리된 벽화를 보며 넋이 나간 듯이 혼자 중얼거렸다. 사슴 돼지 황소 말 들의 소리가 들리는 것 같구나. 말과 들소의 생기 있는 모습을 좀 봐라, 보기만 해도 배가 부르지 않니? 원시인들은 저 벽화에 창을 찌르면 실제로 동물들이 죽는다고 생각했다고 하더라. 아버지의 말을 듣고 다시 벽화를 바라보았다. 짐승 가죽을 뒤집어쓴 원시인이 뭐라고 주문을 외우는 듯 보였고 부족들이 들소떼를 향해 일제히 돌창을 던지는 모습도 보였다. 석회암 표면에 그려진 동물들은 모두가 원시적인 생명력으로 꼭 살아 있는 듯했다. 명중! 명중! 아버지는 거실에서 벽화 속 제사장들처럼 돌창을 던지는 흉내를 내며 소리를 질렀고, 손을 번쩍 들어 벽화 쪽 동물들을 향해 손짓을 했다. 아버지가 어린아이처럼 신나게 놀이를 하는 건 처음이었다. 아버지의 그런 기이한 행동에 반응을 보인 건 어머니였다. 요즘 같아선 정말 풀뿌리라도 뜯으며 살고 싶은 심정이네, 더운밥 먹고 식은 소리 작작하고 취직자리나 알아봐

요. 어머니는 아버지의 시원찮은 행동에 대수롭지 않게 한마디 톡 쏘아주었다. 갈 수만 있다면 우리 모두 저 동굴 속으로 들어가는 것두 괜찮은 방법인데…… 아버지는 낮은 소리로 중얼거렸다. 다행히 어머니는 아버지의 마지막 중얼거림은 듣지 못하고 방을 나갔다.

감정평가사 자격시험을 준비하려구요. 아버지가 우리 가족을 거실에 모아놓고 처음 들어보는 자격증 이야기를 꺼냈다. 가족 모두는 달갑지 않은 표정들이었다. 아버지가 취업을 포기하고 오히려 수험생이 된다니…… 그것도 고시만큼 어렵다는 감정평가사 시험에. 가족 모두는 아버지에게 우려의 눈길을 보냈다. 감정평가사에 합격만 되면 직장 생활보다 백번 낫지요. 연봉도 5천만 원 정도 받을 수 있다는데…… 아버지는 떨떠름한 가족들의 반응에 쐐기를 박듯 말을 꺼냈다. 그게 정말이우? 연봉 5천이면 꽤 괜찮네. 아버지의 계획에 어머니는 의외로 호의적이었다. 그건 아마 아버지의 나이로는 다시 변변한 직장에 들어가긴 틀렸다고 생각했기 때문인 것 같았다. 아버지는 어차피 노후를 대비한다는 생각으로 수험 생활을 선택했다고 말했다. 제2의 인생 설계였다. 아버지는 가족들의 응원을 부탁했다. 뒤늦게 공부허는 일이 쉬운 일은 아닐 텐디. 그랴, 이제 워쩔껴. 헐 수 없지. 뭐라도 붙들고 허다보면 수가 날껴. 근디 앞으로 니가 고생이 수월찮겠는디. 할아버지는 마른침을 넘기며 마땅찮다는 표정으로 한마디를 거들었다.

아버지는 다음날 동네 근처에 있는 고시원으로 들어갔다. 오빠와 나는 아버지가 고시원으로 들어가던 날, 문제집과 옷가지가 담긴 가방을 들어다주었다. 아버지의 방은 복도 끝이었다. 복도는 대낮인데도 동굴처럼 어두웠다. 아버지의 방은 너무 깜깜해 아무것도 보이지 않았다. 전등을 켜자 한 평쯤 되는 방이 눈에 들어왔다. 작은 간이침대와 텔레비전과 책상, 천장에 붙박이 에어컨이 다였다. 작은 책상 위엔 어디서 구했는지 4절지 크기의 라스코 동굴 벽화 사진이 부적처럼 붙어 있었다. 책꽂이에는 민법, 회계학, 경제 원론, 부동산 관계 법규 등 어려운 책들도 눈에 띄었다. 전문대 출신인 아버지가 공부하기엔 생소한 분야들이었다. 그러나 아버지의 태도는 결연해 보였다. 창이 있는 방을 얻지 그랬어요? 말도 마라. 요즘 실직자들이 많아 방 구하는 것두 쉽지 않았어. 이 방도 간신히 구했지 뭐냐. 아버지는 그나마 창문 없는 방이라도 얻은 것에 크게 만족해하는 듯 보였다. 나와 오빠는 아버지를 그 작은 방에 남겨두고 복도에 칸칸이 늘어서 있는 닭장 같은 방들 사이를 빠져나왔다. 고시원 건물을 나오자 건너편 상가에 꽃집이 보였다. 꽃집 앞에는 오종종한 화분들이 즐비했다. 나는 아버지가 이사 간 방에 화분을 놓아주고 싶었다. 붓꽃이 함초롬히 눈에 먼저 다가왔다. 붓꽃에 세워진 막대에 '좋은 기별'이라는 꽃말이 마음에 들었다. 아버지가 고시원을 나올 때쯤 이 꽃말처럼 좋은 기별이 왔으면 좋겠다는 생각을 하며 붓꽃을 샀다. 나는 붓꽃을 들고 다시 고시원으로 올라가서 아버지에게 건넸다. 아버진 책상 위에 올려두며 마치 시험에 합격이나 한 듯이 뿌듯하게 웃었다.

아버지의 예상은 적중했다. 제2의 인생을 다시 설계한다는 직장인들이 그해 유난히 많았고, 대학 졸업 후 취업을 하지 못한 젊은 백수들과 노후를 준비하는 사람들의 쏠림 현상까지 있었다.

시험 보는 날 어머닌 시험장까지 따라갔다. 수험생 아내답게 까만

엿을 학교 담벼락에 척 붙이고 합격 기원이라는 붓글씨 종이를 라이터 불로 태워 날리는 퍼포먼스까지 서슴지 않았다. 아버진 세 시간 동안 시험을 보았고, 시험장을 빠져나올 땐 득의만만한 표정이었다. 그날 저녁 가족 모두는 아버지가 합격이라도 한 듯이 갈비 집에서 샴페인까지 터뜨려가며 흐뭇한 밤을 보냈다.

합격자 발표까지는 한 달이란 긴 시간이 걸렸다. 오빠는 아버지에게 재미있는 고스톱과 장기 사이트를 찾아주었고, 아버지는 한 달 동안 신나게 사이버머니를 모았다. 아버지의 사이버머니는 한 달 동안 무려 백만 원을 넘어서기도 했다. 아버지는 사이버 세계에서 실로 놀라운 능력을 발휘했다. 할머니와 어머니는 아버지의 합격을 기원하는 새벽 기도를 하루도 거르지 않고 다녔다.

발표 당일에 아버지는 새벽부터 신문을 가지고 집을 나선 뒤 다음 날 새벽까지 연락 두절이었다. 우리는 1층 경비실에 가서 신문을 가져와 합격자 발표란을 꼼꼼히 살펴봤다. 1차 합격자 발표였는데 아무리 뒤져도 아버지의 이름을 찾을 수 없었다. 아버지의 핸드폰은 종일 꺼져 있었고 아무런 연락을 받지 못한 우리 가족은 초조했다. 우리 가족은 돌아가며 아버지의 핸드폰에 음성 메시지를 남겼다. 할아버지는 얘야, 시험은 떨어지라고 보는 게다, 남는 게 시간인데 뭐 어떠냐, 했고, 할머니는 아범아! 에미다 누가 니 시험에 떨어졌다고 눈치 수더냐? 그럴 위인, 우리 식구 중에는 아무도 없다, 암 그렇구말구, 라는 말로 아버지를 달랬다. 어머니는 시종일관 성난 사람처럼 말이 없었고 핸드폰에 음성 메시지조차 남기지 않았다. 오빠는 학교 보충수업 때문에 집에 없었다. 마지막으로 나는 무슨 말을 남겨야 할지 난감했다. 할 수 없이 아버지 힘내세요. 우리가 있잖아요, 라는 아주 구닥다리 멘트를 겨우 남겼다.

아버지가 나타난 건 그날 저녁쯤이었다. 하루 만인데도 머리는 덥수룩했고, 눈꺼풀은 추를 달아놓은 듯 무거워 보였다. 소심한 아버지가 직장을 나와 처음으로 본 시험이었다. 아버지는 꾹 다문 입을 열 줄 몰랐다. 우리 가족도 시험에 대해 최대한 말을 아꼈다. 한동안 우리는 아버지의 눈치를 보기 바빴고 위기의식을 느낀 가족들은 각기 맡은 일에만 전념했다.

시청역이라는 안내방송이 들리고 곧 지하철 문이 열렸다. 나는 승강장으로 쏟아져 나오는 승객들 틈에서 출구가 어딘지를 확인하려고 우왕좌왕했다. 아버지가 있는 여행사가 어느 출구로 나가야 하는지 알 수 없어 혼란스러웠다. 일단 114에 전화를 걸어 여행사 번호를 알아내 전화를 연결했다. 확인이 되었다. 여행사 직원은 아버지가 또다시 난동을 부릴지 몰라 여전히 불안해했다. 보호자가 빨리 오기를 재촉하는 소리가 귓바퀴에 쟁쟁거렸다. 통화가 끝난 후 개찰구에 카드를 찍고 서소문 방향의 지하도를 걸었다.

지하도 끝에 다다르자 거적을 둘러쓴 중년 남자가 방금 자다 깬 사람처럼 멍하니 앉아 있는 게 보였다. 그 옆으로 소주병이 뒹굴었고 신발 한 짝이 널브러져 있었다. 한 짝밖에 없는 신발을 보자 자연스럽게 그의 발바닥으로 눈이 갔다. 양말을 신지 않은 발은 원시의 숲을 누비고 다닌 것처럼 군살이 덕지덕지 껴 있었고 갈라진 틈 사이로 핏자국이 엉겨 있었다. 나는 갑자기 속이 메스꺼워지면서 느닷없이 나타난 아버지에 대한 불안감으로 입안이 바짝바짝 말라갔다.

아버지의 낙방에 대한 후유증은 가장 친한 친구인 황씨 아저씨와 어울리는 것으로 짧게 끝났다. 황씨 아저씨와는 초등학교 동창이면서 고향 친구였다. 아저씨 역시 얼마 전 사업에 실패하고 백수 신세였다. 같은 백수라는 연대감 때문인지 틈만 나면 술친구 겸 등산, 낚시, 바둑 등으로 함께 어울렸다. 여가 생활을 하는 동안 아버진 현실을 완전히 잊은 그야말로 완벽한 백수였다. 그러면서 아버지의 퇴직금은 생활비와 오빠의 학원비로 위태롭게 빠져나갔다. 오빠의 목표는 의대 진학이었다. 오빠의 의대 진학을 위한 학원비와 과외비가 가족의 목을 조였다.

얼마 후 느닷없이 아버지가 가족회의를 소집했다. 아버지가 가족회의를 소집할 때마다 우리는 가슴을 조였다. 아버지가 이번엔 생고기 전문점을 창업하겠다는 선언을 했다. 그동안 아버지는 황씨 아저씨랑 할 만한 일들을 찾아 여기저기 분주히 창업 정보를 알아보았다. 마땅한 가게 자리를 찾던 중 생고기 전문점이 하나 나온 것이었다. 사업 자금은? 어머니가 퉁명스럽게 한마디 툭 던졌다. 아파트 전세 담보대출 있잖아, 요즘 금융기관에서 대출 잘 해준다네. 아버지의 말이 떨어지자 할아버지는 심하게 표정이 일그러졌다. 생전 장사라고는 해본 적 없는 네가 전세 담보까지 받는 건 너무 위험햐아. 그러지 말고 작은 회사에라도 다시 취직혀. 니가 아직까정 교상을 덜헤봐서 그렇지 자기 사업 허는 게 월매나 고되고 손실이 많은지 아는 겨? 말허자면 회사는 비닐하우스나 마찬가지여. 온실 속에 있던 화초가 온실 밖을 뛰쳐나오면 워찌 되는지 알고 허는 소리여? 할아버지가 단호하게 반대했다. 아버지는 그런 할아버지의 말에 수긍이 안 가는 듯 대들었다. 아버지가 사업에 실패했다고 자식도 실패할 거란 생각은 접으세요. 언제까지 온실 속에서만 살 순 없잖아요. 세상에서 초보가 아닌 사람이 어디 있대요. 저라고 못할 건 없어요. 아버지는 새삼 할아버지의 과거 상처까지 들먹이며 자신의 의지를 굽히지 않았다.

할아버지의 반대에도 불구하고 결국 아버지는 은행 대출을 받았고, 화곡역 주변의 상가 건물 지하 아케이드에 작은 가게를 인수했다. 역 주변이라 권리금이 만만치 않았다. 하지만 아버지는 권리금은 다음 세입자에게 받아내면 된다는 생각에 신경쓰지 않고 계약을 했다. 가게를 리모델링하려고 했으나 보증금과 권리금을 치르고 나니 여력이 없어 내부 인테리어는 단순히 벽지만 바꿨다. 아버지가 가장 공을 들인 건 상호와 간판이었다. 붉은색의 아크릴 간판에 라스코 동굴이라고 상호를 붙였다. 아버지의 꿈이 반영된 이름이었다. 나는 생고기 전문점에 동굴 이름이 붙는다는 게 자꾸 웃음이 나왔다. 아버지는 가게 정중앙 벽에 라스코 동굴 벽화를 크게 인쇄해 걸었다.

개업을 하던 날 아버지는 돼지머리를 올려놓고 고사를 지냈고, 할아버지는 돼지머리에 10만 원짜리 수표를 한 장 꽂아두었다. 아버지가 난생처음 앞치마를 두르고 손님들의 시중을 드는 모습이 굉장히 낯설고 어설퍼 보였다. 나는 친구들에게 아버지가 생고깃집을 냈다는 사실을 차마 말하지 못했다. 역 주변에는 고급 인테리어로 마감한 평수 큰 목 좋은 가게들이 수십 개가 넘었다. 그 많은 가게 중에서 아버지의 가게는 존재감이 미미했다. 아버지는 어머니와 홀 서빙을 맡아 했고 연변 아줌마는 주방을 맡았다. 나는 가끔 수업이 끝나면 가게에 들러 항정살과 목살을 구워 먹고 집으로 돌아갔다. 할머니는 어머니

대신 살림을 맡았고 오빠는 학원에서 새벽 1시나 되어야 집으로 돌아왔다.

생고기 전문점은 개업한 후 손님이 드는 듯 보였다. 가게가 새롭게 바뀌었다는 호기심과 할인 광고 덕이었는지도 모른다. 가게는 오후 3시에 문을 열어 새벽 2시까지 장사를 했다. 아버지의 눈은 생고기에서 흘러나오는 핏물처럼 늘 충혈되어 있었다. 하지만 시간이 지날수록 가게는 텅 비어갔다. 점심 장사를 해야 인건비라도 빠지는데 그러려면 주방 아줌마를 한 명 더 고용해야 하는 문제가 아버지의 발목을 잡았다. 월세와 관리비, 주방 아줌마 인건비를 빼면 아버지에게 돌아오는 몫은 없었다. 어머니는 시간이 지날수록 힘들어했다. 차라리 다른 가게에 취직이라도 하면 인건비는 빠지겠다며 혼잣말로 읊조렸다.

하루가 다르게 화곡역 주변의 상가에는 고급 목조 인테리어가 된 가게들이 끊임없이 들어찼다. 아버지의 가게는 리모델링조차 할 수 없는 허름한 가게로 보였다. 차별화되지 않은 메뉴와 광고비용의 부담 때문에 오픈 6개월째부터는 아예 월세까지 밀리기 시작했다. 결국 연변 아줌마를 내보내고 말았다. 대신 어머니가 주방을 꿰차고 들어갔다. 가게는 시간이 지날수록 사람들의 기억 속에서 잊혔다. 나는 가끔 지하 상가 입구에 서서 가게에 손님이 드는지 몰래 지켜보기도 했다. 텅 빈 가게의 어두운 실내는 정말 동굴처럼 적막했다. 아버지는 손님이 없는 가게 구석 테이블에서 틈틈이 라스코 동굴에 관련된 자료를 스크랩하고 계셨다. 동굴 자료가 거의 책 한 권의 분량은 족히 되어 보였다. 난 아버지가 왜 라스코 동굴에 집착하는지 이해가 되지 않았다. 아버지는 이제 가게를 홍보하는 신문 간지도 넣지 않았고, 거리에서 광고지도 뿌리지 않았다.

아버지는 결국 가게를 다시 부동산 중개소에 내놓았다. 하지만 두 달 동안 가게를 보러 온 사람은 거의 없었다. 가끔 소문을 듣고 찾아오는 사람도 있었지만 늘 권리금이 문제였다. 손님도 없는 가게에 3천이라는 권리금을 주고 들어올 창업자는 없었다.

그렇게 1년이 되어갈 무렵 세입자 전체 회의 소집이 건물 관리사무소에서 있었다. 지하 세입자들은 관리실로 모여 건물 주인을 만났다. 건물주는 모든 세입자들의 기한과 상관없이 계약 해지 통보를 해왔다. 지하 아케이드 전체에 대형 할인 마트가 들어온다고 했다. 잘됐네, 장사도 안 되던 참에…… 하지만 세상은 아버지의 계산대로 돌아가지 않았다. 건물 주인이 지하 전체를 권리금 없이 마트와 계약한 게 화근이었다. 권리금은 세입자들끼리 주고받는 돈이지 건물 주인이 내줄 수 있는 돈이 아니었다. 아버지에게는 날벼락 같은 일이었다. 가게 보증금마저 밀린 월세로 날린데다 3천이라는 권리금은 고스란히 빚으로 떠안게 될 판이었다. 권리금이 물려 있는 몇몇의 세입자들은 그 자리에서 고성이 오가고 항의를 했다. 이런 법이 세상에 어딨소, 그래요, 법, 법으로 합시다. 아버지는 권리금이 법적으로 아무 효력을 발휘할 수 없다는 사실을 변호사 사무실에 가서야 알았다.

가게가 문을 닫던 날, 아버지 손에 들려 있던 것은 가게 벽에 걸려 있던 동굴 벽화 그림이었다. 아버지는 집으로 돌아온 후에도 한동안 벽화만 뚫어져라 쳐다보았다. 아버지의 몸이 꼭 벽을 뚫고 동굴 속으로 들어갈 것만 같았다. 어머니는 그런 아버지를 보며 거실 바닥에 털썩 주저앉았다.

저놈의 벽화가 다 뭐길래 끝까지 들고 들어와! 모조리 다 갖다버리라고! 당신 혹시 이 집을 동굴로 착각하는 거 아니야?

어머니는 아버지 손에 들린 벽화를 뺏어 현관 앞에 내동댕이쳤다. 어머니는 애꿎은 벽화 그림에 울분을 토해냈다. 아버지는 어머니의 패악에도 별다른 감정의 변화가 없이 조용히 벽화 그림을 주웠다. 어머니의 울분은 오빠와도 관련이 있었다.

오빠는 3학년이 되었을 무렵에 모든 학원과 과외를 그만두었다. 전국 1프로 안에 들어야 하는 의대는 혼자 힘으로는 어려워 보였다. 오빠는 그동안 과외발로 성적을 간신히 유지하기라도 한 듯이 모의고사 성적이 뚝뚝 떨어졌다. 누구보다 속상해했던 건 어머니였다. 어머니는 오빠를 꼭 의대에 보내고 싶어했다. 그동안 어머니는 아버지의 퇴직금을 거의 오빠의 과외비로 썼다. 오빠의 과외비 문제로 어머니와 아버지는 말다툼이 잦아졌다. 어머닌 아들의 성적이 떨어지는 건 순전히 실력이 아닌 아버지의 형편없는 경제력 때문이라고 분개했다. 이 사람아, 지금 아들 의대 보내는 게 문제가 아냐, 당장 생계 걱정부터 해야 헌다구, 뭘 이렇게 몰라. 가족들 다 굶어죽게 생긴 판에 허영심은…… 아버지는 어머니의 교육열을 허영심이라고 탓을 했다. 그날따라 아버지의 느러터진 말투가 유난히 무능력하게 들렸다. 가족 모두가 늪으로 빠져 허우적거리는 느낌이었다. 하지만 정작 당사자인 오빠는 어머니만큼 속앓이를 하지 않았다. 집안의 분위기를 감지했고, 혼자 힘으로 공부하다 안 되면 공대라도 가겠다고 쿨하게 말했다. 하지만 누구보다 의대를 가고 싶어했던 건 오빠였다.

오빠는 그해 수능 시험을 보았다. 의대 대신 S대 공대를 지원했지만 떨어졌다. 오빠는 원하는 대학이 아니면 의미가 없다고 재수의 길을 선택했다. 하지만 아버지는 재수를 선택하려는 오빠를 말렸다. '다' 군에 있는 K대도 얼마나 좋은데 고집을 부려. 재수하면 그건 정말 돈낭비 시간 낭비야. 오빠는 이번만큼은 물러서지 않았다. 재수 학원에 보내주지 않더라도 원하는 S대학에 꼭 가고야 말겠다고 했다. 아버지는 오빠를 더이상 말리지 못했다. 어머니는 아예 앓아눕고 말았다. 아버지와는 한동안 말도 섞지 않았다. 할아버지와 할머니는 누군가의 눈치를 보는 건지 방에서 도통 나오지도 못했다.

어느덧 선택의 시간이 왔다. 인문계와 실업계 고등학교를 선택해야 하는 중3의 시간은 내게 갈등을 주었다. 아버지는 실업계 고등학교에 진학하기를 희망했다. 남들보다 빨리 사회 경험하며 야간대학에 가는 게 경제적이거든. 나 같으면 그렇게 할 텐데. 나는 아버지가 대학에 다니는 것을 경제적 비용으로 접근하는 게 너무 화가 났다. 내 전공이 부엉이과가 아닌 이상 대학의 낭만이라고는 좁쌀만큼도 찾을 수 없는 야간대학은 정말 사절이었다. 아버지는 야간대학이 나 같은 애들 때문에 점점 사라지고 있다는 사실조차 모르고 있었다. 오빠는 나를 위로하려는 것인지 대입 전형의 비법에 대해 열을 올렸다.

"요즘 능력 있는 부모들은 일부러 실업계 특별전형이나 농어촌 특별전형에 지원한다더라. 중학교 동창 녀석 하나가 고등학교 과정까지 미리 과외 다 받고 농촌으로 전학 가서 전교 1등 하고 S대 갔잖아."

"정말?"

"실업계에 진학한 애들은 당장 대학보다는 돈이 우선이거든. 그러니까 특별전형은 정말 특별한 아이들에게는 기회가 되는 셈이지. 돈 있는 애들은 실업계 가서 내신 잘 받고 과외받아 명문대에 얼마든지 갈 수 있거든."

나는 실업계 특별전형에 마음이 흔들렸다. 더구나 가족 모두가 실업계로 진학하기를 기대하는 눈치였다. 아버지의 상황 때문에라도 어쩔 수 없는 선택이었다. 실업계 지원을 했지만 나는 못내 서운했다.

가게를 접은 후 아버지는 무가지나 인터넷 취업 사이트에 들어가 구직란을 샅샅이 뒤져보았다. 아파트 경비 일이나, 건물 용역회사에 이력서를 내고 연락을 기다렸다. 그동안 아버지는 누렇게 바랜 라스코 동굴 벽화를 막연히 바라보며 무기력한 시간을 죽였다. 그런 아버지의 모습을 어머니는 벌레 보듯 싫어했다. 어머니는 사소한 것조차 트집과 잔소리로 아버지를 들볶았다. 아버지는 어머니의 날 선 소리에 더욱 의기소침해졌고 말수가 적어졌다.

마침내 전세를 빼야 하는 상황이 오고야 말았다. 전세금 융자를 갚고 대출금 상환까지 하다보니 남은 돈이 얼마 되지 않았다. 식구 수가 많아 방은 무조건 세 개가 있어야 했다. 서울 변두리로 가면 모를까 이 동네에서 방 세 개의 독채를 구하기는 쉽지 않았다. 더구나 주변 아파트들이 재개발에 들어가 전세 품귀 현상에 더욱 애를 먹였다. 어머니는 부지런히 방을 알아보았고, 다행히 화곡 2동 쪽으로 단독 지하를 얻을 수 있었다.

지하의 집은 콜로세움만큼이나 오래되어 황량했고 음침했다. 이사 가던 날 경사가 진 계단을 내려가면서 나는 투덜거렸다. 오빠, 여기 동굴 같지 않아? 너무 어둡다. 그지? 혹시 우리를 두더지나 박쥐로 아는 건 아니겠지. 집 안으로 들어서자 20년도 더 된 싱크대는 서랍장이

닫히지 않아 삐딱하게 속을 내보이고 있었고, 목욕탕 수도꼭지 역시 원터치 방식이 아닌 레버형이어서 돌릴 때마다 손에 힘을 바짝 주어야 했다. 목욕탕 바닥의 타일은 군데군데 깨지고 시멘트가 부식되어 바닥에 모래처럼 쌓였다. 나는 목욕탕에서 까치발로 다녔다. 한 가지 다행인 건 작은 방이 세 개나 있었고 쪽 거실도 따로 있어 소파를 버리지 않아도 되었다. 먼저 방을 나누는 문제로 잠시 이삿짐 나르는 걸 멈췄다. 어머니와 아버지가 안방을 함께 쓰자니 두 개의 작은방을 나누는 문제에서 답이 안 나왔다. 나와 오빠가 한방을 쓸 수 없다는 게 문제였다. 다시 원점으로 가 안방은 어머니와 할머니, 나 이렇게 여자들끼리 쓰기로 했고 작은방은 오빠의 공부방으로 특별히 내주자고 했다. 문간방은 아버지와 할아버지의 몫으로 돌아갔다. 부모님과 할머니 할아버지 모두가 어쩔 수 없이 성별로 나뉘어 생활을 해야 했다.

지하실의 내부는 어두웠지만 대신 밖이 보이는 창은 거실 쪽으로 뚫어져 햇빛이 그곳으로만 들어왔다. 누군가 밖에서 원숭이 우리처럼 우리집을 훤히 들여다보는 것 같아서 언제나 불안했다. 할머니는 창 쪽으로 잎이 무성한 화분을 두어 창을 가렸다. 그러나 정작 우리 가족이 참을 수 없었던 것은 여름 장마가 오고부터였다.

종일 내리는 비로 집 안은 온통 눅진거렸고 벽지가 너덜거리며 기포까지 생겼다. 이불이나 옷장까지 스며드는 습기는 물먹은 솜을 몸에 두르고 다니는 느낌이 들게 했다. 아버지는 선풍기를 여러 대 틀어대며 건조하게 집 안을 말리려고 애를 썼고, 어머니는 보일러를 틀어 바닥을 말렸다. 그로부터 며칠 뒤였다. 그날 밤은 서울 전 지역에 호우경보 발령이 나 있는 상황이었다. 어머니와 나는 늦게까지 주말

의 영화를 보고 그냥 스르르 거실에 쓰러져 잠들어버렸다. 누군가 거
실로 나와 불을 끈 것까지 기억이 났다. 새벽에 오슬오슬 한기가 들었
고, 귀가 먹먹해지며 찬 기운이 느껴져 눈을 떴다. 어두운 거실 바닥
에 닿아 있던 손이 철벅철벅거렸다. 너무 놀라 후다닥 일어나 거실 바
닥을 살펴보았다. 방바닥에는 요와 이불이 잠길 정도로 물이 차올랐
다. 옆을 보니 어머니의 몸도 반은 물속에 잠겨 있었다. 나는 어머니
를 다급히 깨웠고 거실에 불을 켜고, 방마다 들어가 식구들을 깨웠다.
그 와중에도 아버지만은 코까지 골며 깊은 잠에 빠져 있었다. 물이 저
벅저벅한 방바닥에서 아버지는 마치 죽은 바퀴벌레처럼 꼼짝도 안 했
다. 어머니는 그런 아버지를 발로 툭툭 쳤다. 아버지는 무거운 눈꺼풀
을 비비며 겨우 일어났다. 우리 가족은 모두 양동이와 작은 그릇들을
챙겨 들고 물을 퍼서 현관 밖으로 내버렸지만 하수구 수챗구멍은 오
히려 물이 역류해 소용이 없었다. 다음날 구청에서 양수기 모터를 동
원해 겨우 집 안의 물을 빼낼 수 있었다. 한동안 그 일대의 범람으로
하수처리 시설을 전면적으로 바꾼다며 구청장이 위로 방문을 하기도
했다.

아버지가 사라진 건 장마가 물러간 8월 초쯤이었다. 아버지는 물난
리 소동 이후 존재감을 느낄 수 없을 만큼 방에서 종일 나오지 않았
다. 그러더니 편지 한 장도 남겨두지 않고 사라졌다. 사라진 긴 아버
지뿐이 아니었다. 벽에 붙여두었던 라스코 동굴 벽화 그림도 함께 없
어졌다. 그림이 붙었던 벽 부분에는 누런 사각 테두리가 보기 흉하게
선명히 남아 있었다. 테두리 안의 빈 공간은 가장이 없는 우리집처럼
텅 빈 게 허전해 보였다. 그나마 아버지의 흔적을 찾을 수 있는 건 현

관 쪽에 버리려고 놓아둔 감정평가사 관련 수험서와 가게 상호가 적힌 아크릴 간판이었다. 나는 사라진 아버지가 실망스러웠다. 아버지에게 기대한 것은 없었으나, 가장으로서 최소한의 역할이 있었다. 어머니 대신 가사를 도울 수 있었고, 우리들에게 정신적 안정감을 줄 수도 있었다. 할아버지나 할머니에게는 주춧돌 같은 장남이었다. 하지만 아버지는 우리 가족의 뜻과는 항상 별개로 행동했다.

상업고등학교에 진학한 나는 입시반에는 끼어보지도 못하고 동네 베이커리에 알바를 찾으러 다녀야 했다. 나이가 어리다고 퇴짜놓을 게 뻔했지만 사장님에게 갖은 애교 작전으로 겨우 알바 자리를 얻었다. 베이커리 사장님은 내가 미성년자라는 걸 의식해 늘 마음에 걸려했다. 그럴 때마다 사장님에게 소녀가장이라도 된 듯이 사정 얘기를 더욱 과장해서 구구절절 늘어놓았다. 내게는 경제적 활동을 할 수 있는 법적 나이를 기다릴 시간은 없었다. 아버지는 사라졌고, 스스로 벌어서 대학을 갈 수밖에 없는 처지였다.

오빠는 다음해 다시 수능을 보았지만 S대학에 가지 못했다. 오히려 성적이 많이 떨어졌다. 오빠는 '나' 군이나 '다' 군의 학교를 지원하지 않았다. 어머니는 더이상 한계 상황에 부딪친 환경 때문에 오빠가 삼수 하는 걸 원치 않았다.

오빠는 결국 군대를 지원했고 제대하던 해, 원하던 대학이 아닌 K대학의 생명공학과에 들어갔다. 오빠로서는 안타까운 일이었지만 이제 도리가 없었다. 아버지가 조언했던 대로 결국 모든 게 현실적 선택이 되고 말았다. 다만 아버지만 현실에서 꼭꼭 숨어버렸다.

어머니는 아버지가 계시지 않는 집의 가장이 되었다. 어머니는 아버지가 사라진 후 동사무소를 찾아가서 아버지의 가출을 설명하고 시부모와 자식을 부양하는 데 드는 비용에 대해 구구절절 설명했다. 하지만 아버지의 가출은 복지 혜택을 받을 수 있는 사항이 아니었다. 가족 중에 불치병이 들거나 장애가 있는 사람이 없으면 차상위 계층에도 낄 수가 없었다. 어머니는 아버지의 가출이 가져오는 경제적 불안과 우울을 느낄 틈도 없이 보험회사 인바운드 직원으로 들어갔다. 한 달에 기본 세 건의 전화 보험을 가입시켜야만 지급되는 백만 원에 목숨을 걸고 일했다. 기본 약정을 못 해내는 날들이 많아지면 불면으로 밤을 지새웠고, 보험사에서 해고 정리한다는 협박 때문에 언제나 노심초사하며 보험사를 갈아타면서 기본급을 받으려고 애를 썼다. 오빠는 학교를 다니며 통신회사 야간 파트 일을 지원해 일주일에 네 번씩 밤샘 근무를 자처했다. 눈가에 졸음을 달고 다녀 걸을 때도 붕붕 떠다니는 풍선 같다고 농담처럼 말하곤 했다.

상업고등학교를 다녔지만 대학은 여전히 나를 설레게 했다. 가족의 불편한 눈총에도 불구하고 나는 야간대학 법학과에 입학했다. 어머니는 현실성 없는 과를 간다고 불만이 많았다. 솔직하게 말하자면 야간대학에는 선택할 수 있는 과가 몇 개 없기 때문에 적성 따위는 전혀 고려하지 않았다. 이유 불문하고 대학생이라는 신분을 갖고 싶었다. 대한민국 80퍼센트가 대학생이라는데 그 축에도 못 낀다면 그런 인생은 낙오한 것처럼 보였다. 입학금은 베이커리 아르바이트로 틈틈이 모았던 돈과 어머니가 조금 보탰다. 나는 대학등록금 고지서가 강도처럼 무서울 때가 있어, 라며 어머니는 태연히 말했다. 아마도 오빠와 내가 함께 대학을 다닌다는 게 어머니에겐 부담이었을 거다.

1학기가 끝나갈 무렵 나는 교수님을 찾아가 근로 장학금을 탈 수 있는지 알아보았다. 교수님은 신청서를 한 장 내밀었다. 장학금 신청 사유란에는 대학을 다니는 오빠와 가출한 아버지, 보험회사를 전전하며 꽉 찬 나이에 노심초사 저조한 실적과 매달 전쟁을 치르는 어머니에 대한 상세한 상황을 비굴할 만큼 빽빽이 적어야 했다. 문제는 아버지의 가출을 증명할 길이 없었다. 근로 장학금은 학기마다 없는 사람끼리 늘 경쟁을 해야 했다. 나는 그 안에서조차 밀려날 수밖에 없었다. 낮에 다닐 만한 직장을 알아보러 여러 곳에 이력서를 넣어보았지만 저녁 5시 안에 일을 마칠 수 있는 직장은 별로 없었다.

나는 샤브샤브 고깃집의 시간제 서빙 일을 선택했다. 오전 10부터 오후 5시까지 넓은 홀을 전골 돌 냄비를 들고 종종거렸다. 한 달에 두 번밖에 쉴 수 없는 가게는 학교보다 우선이었다. 한바탕 주방과 홀을 정신없이 다니다보면 어느새 다리는 코끼리 다리처럼 퉁퉁 부풀었고 뜨거운 돌 냄비에 데인 지문은 딱딱히 굳어 웬만한 화기에도 끄떡없었다.

늦은 밤 수업이 끝나갈 무렵이면 누군가에게 두들겨 맞은 것처럼 온몸이 쑤시고 아파 그 자리에 주저앉고 싶었다. 지하철역에서 내려 집으로 가던 중 생고기 가게가 있던 건물 앞을 지날 때면 가끔 아버지 생각이 나곤 했다. 혹시 아버지도 이런 고단함 때문에 어디론가 숨어버린 건 아닐까? 지금쯤 라스코 동굴에 진짜로 가 있는 건 아니겠지? 이런 별별 황당한 생각들이 불쑥불쑥 떠올랐다. 그런 생각을 할 때면 어깨와 다리가 저절로 땅으로 꺼질 듯 휘청거렸다. 내가 꿈꾸던 대학 생활은 이런 고단함만 있는 게 아니었다. 꿈꾸던 세계는 연기처럼 사라졌다. 단지 일과 학업을 병행하는 것은 수행자의 삶처럼 언제나 나를 번민하게 했다. 그럴 때면 나는 수첩을 펴고 '지금 여기에서 달아나지 말 것'이라는 짤막한 글을 부적처럼 끼적거렸다.

  3번 출구로 나가자 어둑어둑해지기 시작했다. D여행사가 있는 방향으로 부지런히 걸었다. 멀리 여행사 간판이 보이는 쪽에서 사람들이 웅성거렸다. 누군가를 에워싸고 있었다. 나는 사람들의 어깨너머로 얼핏 한 사내를 보았다. 사내는 원시인들이나 입을 법한 때 묻고 해진 호피무늬 가죽을 허리 아래까지 걸치고 있었고, 머리는 어깨까지 치렁거렸다. 그는 작은 주먹도끼를 휘두르며 무언가를 잡는 시늉을 느린 동작으로 반복했다. 검게 그을린 얼굴 사이로 수세미처럼 뒤엉긴 머리카락이 한쪽 눈을 뒤덮었고 턱 밑으로 희죽희죽 난 흰털이 얼굴을 감쌌다. 아버지를 찾아야 하는 것도 잊고 남자의 얼굴을 찬찬히 뜯어보았다. 눈 밑에서 인중쯤 내려오는 사이 오른쪽 볼에 돌출된 검은 점이 눈에 띄었다. 그건 분명 아버지의 점이었다. 아버지의 점은 유난히 까만 콩처럼 돌출되어 떼어버렸으면 좋겠다는 생각을 자주했던 나였다. 아! 저 사내가 아버지라는 사실에 신음이 새어 나왔다. 아버지는 구석기 사람처럼 오른손엔 주먹도끼를 들고 있었고, 왼손엔 낡은 지도 한 장을 부여잡고 있었다. 그렇다면 저 춤은 아버지가 늘 얘기하던 수렵무였다. 들소를 잡기 위해 주술 효과가 있다는 춤으로, 유회로 추는 춤이 아닌 오랫동안 굶주렸을 때 추는 거라고 했던 아버지의 말이 떠올랐다. 원시인들은 춤을 추며 들소가 동굴로 들어오기를 기다렸다고 했다. 하지만 어떻게 멀쩡히 풀을 뜯던 들소들이 수렵무를 춘다고 동굴로 달려와 그냥 자빠진단 말인가. 살아남아야 해서 절박하게 추었던 그 춤을 아버지가 지금 추고 있다. 나는 그런 주술적인 행동들이 어리석은 짓이라고 아버지에게 대들었던 적이 있다. 주변에 모여든 사람들 사이로 개탄 섞인 말들이 여기저기서 수군수군 들렸다. 어쩌다 저렇게 됐지. 쯧쯧……

　남의 영업장 앞에서 이렇게 소란 피우면 안 되죠. 느닷없이 나타난 경찰 제복을 입은 두 남자가 아버지의 양팔에 깍지를 꼈다. 아버지는 팔을 뿌리치며 사람들을 향해 소리쳤다. 선생님들, 제발 라스코 동굴로 가는 비행기 표 좀 구해주세요. 난 그곳에 꼭 가야 헌다구요. 여기선 모두가 내 숨통을 조여요. 숨이 막혀 곧 죽을 거 같다고요! 동굴에 가면 나와 같은 친구들이 아주 많거든요. 거기엔 움집도 있고 사냥할 동물들도 많아요. 그러니까 날 라스코 동굴로 보내줘요, 제발! 아버지가 바락바락 소리를 지르는 모습이 정말 동굴에서 막 튀어나온 원시인의 괴성으로 들렸다. 아버지는 두 남자에 의해 질질 끌려가고 있었고 나는 말려볼 틈도 없이 아버지의 구부정한 등을 한동안 멍하니 바라만 보고 있었다. 그때 옆에 서 있던 일곱 살쯤 되어 보이는 여자애의 재잘거리는 목소리가 들려왔다. 엄마, 저 아저씨 책에서 본 원시인 맞지? 원시인이 왜 책에서 튀어나왔어? 요즘 세상에 원시인이 어디 있니? 저 아저씬 미친 거야. 저 아저씨 너무 무섭지? 나는 그 소리에 잠시 몽롱했던 정신이 퍼뜩 깨어나는 것 같았다. 아버지가 끌려간 자리에 구깃구깃한 지도 한 장이 휑하니 놓여 있었다. 나는 지도를 주워 펴보았다. 지도에는 도르드뉴 데파르트망 몽티냐크 마을 지명에 빨간 줄이 선명하게 그어져 있었다. 지도 속에 아버지의 모습이 그려졌다.

아버진 아마 라스코 동굴에서 마음껏 창을 던지고, 편대를 이용해 공격 루트를 짜고 신나게 사냥 연습을 하고 싶었을 거다. 비록 실전에서는 한 마리의 양도 잡지 못했지만, 원시인들의 환호를 들으며 수렵을 하고 싶었던 아버지의 간절한 바람이 가슴을 파고들었다.

나는 아버지의 팔을 끌고 가는 경찰에게 바삐 다가가 딸이라는 신분을 밝혔다. 거 희안하네. 다른 건 다 기억이 안 난다면서 집 전화번호 하나는 용케 기억을 하네. 경찰은 그 말만 남기고 아버지를 내게 인도했다. 그러는 와중에도 아버지는 내가 딸인 것도 알아보지 못하고 또다시 내 팔을 잡으며 라스코 동굴 타령을 해댔다. 나는 더이상 가만히 두고 볼 수 없어 주머니에서 핸드폰을 꺼내 114 안내 번호를 꾹꾹 눌렀다. 안내원의 경쾌한 목소리가 들렸다. 에어 프랑스 항공사요. 잠시 후 항공사 번호로 연결음이 뚜르르, 뚜르르 울렸다. 누군가 전화를 받았다. 나는 아버지 대신 큰 소리로 외쳤다. 도.르.드.뉴.데.파.르.트.망. 몽.티.냐.크에 있는 라스코 동굴을 가려고 하는데요. 가는 노선을 알려주세요. 두 장의 항공표가 꼭 필요하거든요.

엄마의 알바

그 남자가 사라졌다. 가족에겐 아무런 암시도 없었다. 물론 월급도 엄마의 통장에 들어오지 않았다. 그 남자는 작은 건설회사 현장 소장이다. 그 남자가 다니던 건설회사는 걸핏하면 부도를 냈고, 일하는 날보다 쉬는 날이 많았다. 부도를 달고 다니는 그놈의 운 때문에 늘 생활이 불안정했다. 그런 불운 때문에 언제부턴가, 우리집에선 아빠의 존재가 '그 남자'쯤으로 여겨지기 시작했다. 엄마는 이번에도 부도가 아닐까 불안했다. 그 남자의 핸드폰에서는 늘 음성 사서함으로 넘어가는 메시지만 줄기차게 들렸고, 현장 사무소에서는 결근이라는 말만 했다.

　그 남자가 사라진 지 일주일째 되던 날. 엄마는 참다못해 아홉 살인 건민이와 열여섯 살인 나를 앞세우고 기흥 건설 현장으로 갔다. 엄마의 앙다문 입과 부릅뜬 두 눈이 분노를 짐작케 했다. 어쩌면 엄마는 그 남자의 외박보다 자동이체로 빠져나가는 통장 때문에 더 화가 났

는지 모른다. 암보험, 신용카드 결제, 종신보험료, 그리고 적립식 중
국펀드, 이동통신비, 아파트 관리비 등 크고 작은 자동이체비가 통장
에서 빠져나가지 못하고 소화불량을 일으키고 있었다. 결국 엄마의
예측은 단순한 기우가 아니었다.

　건설 현장 주변은 4월의 황사바람과 쌓아놓은 공구리 모래가 뒤섞
여 앞을 볼 수 없었다. 건설 현장 관리사무소에 도착한 엄마는 인부들
에게 그 남자가 있는 곳을 간신히 알아냈다. 그 남자는 공사 현장에서
멀지 않은 곳에 있었다. 부랴부랴 달려간 곳은 비닐하우스에 회색 덮
개가 씌어 있는 함바집이었다. 순간 엄마는 허둥대며 비닐 문을 활짝
열어젖혔다. 나와 동생도 두근거리는 가슴으로 엄마의 뒤를 부지런히
쫓아갔다. 엄마가 들이닥쳤을 때 주방 입구 쪽 탁자에서 그 남자의 두
툼한 등이 보였다. 그 남자와 마주 앉은 아줌마도 함께 보였다. 아줌
마는 조악한 꽃무늬로 도배된 앞치마를 입고 손으로 입을 가리며 웃
고 있었다. 그 남자는 커피 잔을 들고 있었다. 엄마는 하우스 입구에
서 두 손을 불끈 쥐고, 느릿느릿 그 남자의 등뒤로 다가갔다. 그때 꽃
무늬 아줌마가 먼저 눈짓으로 사인을 했는지, 그 남자가 뒤를 돌아봤
다. 그 남자는 놀란 황소 눈을 하고 우리를 멍하니 바라봤다. 안전 모
자 때문인지 그 남자의 얼굴은 낡은 장판처럼 눈 밑에 기미가 얼룩져
있었고, 거뭇한 턱수염은 그 남자를 더욱 초췌하게 만들었다. 흰머리
가 검은 머리보다 많은 그 남자는 엄마의 기습적인 방문에 얼이 나간
사람처럼 서 있었다. 엄마는 다짜고짜 그 남자의 뒷덜미를 휘어잡고
주방 뒷문으로 끌고 나갔다. 그 남자는 복날 개 끌려가듯 휘청거렸다.
우린 식탁 의자에 앉아 아줌마가 따라주는 주스를 홀짝홀짝 거렸다.

"뭐? 8천만 원? 단단히 미쳤구만. 언놈이 당신 좋으라고 원금의 열 배를 쳐주냐구."

엄마의 짜랑짜랑한 목소리가 함바집을 뒤흔들었다. 엄마는 배운 것 없는 무지렁이처럼 악다구니를 쳤다. 과포화 상태에 차오른 엄마의 분노는 비닐하우스 전체를 뒤흔들었다. 어쩌면 그 남자는 엄마의 발광하는 목소리가 듣기 싫어서 가출했는지도 모른다. 엄마에게 시달릴 그 남자를 어딘가에 숨겨주고 싶은 심정이지만, 죗값은 엄마한테 치러야 한다. 얼마나 지났을까. 하우스 문이 덜컥 열리더니 엄마는 그 남자를 향해 "그 돈 다 갚을 때까지 집에 들어올 생각하지도 마!"라는 한마디를 내뱉곤 나와 동생을 데리고 집으로 휑하니 돌아왔다.

그 남자가 사고를 친 건 순전히 세상에 대한 믿음 때문이다. 50줄에 들어선 그 남자는 언제까지 건설회사 소장 일을 할 수 있을지 모른다는 불안감을 종종 엄마에게 내비치곤 했었다. 그러던 중 그 남자의 친구가 열 배짜리 작전주식이 있다고 꼬드긴 게 화근이었다. 친구는 그 남자의 위태로움에 기름을 부은 격이 되고 말았다. 그 남자는 생각할 틈도 없이 바로 행동에 나섰다. 엄마 몰래 사채까지 빌려, 작전 세력이 있다는 주식을 몽땅 샀다가 거짓 정보에 깡통이 됐다고 했다. 엄마는 집에 와서도 설마 주식이라도 남아 있겠지 하는 희망을 가졌다. 그때까지 엄마는 '깡통 계좌'의 뜻을 몰라 증권사에 전화까지 해 '깡통'의 뜻을 알아냈다. 그 남자가 산 주식은 이미 상장 폐지된 종목이 되어 있었다. 그 바람에 엄마의 분풀이는 내 귀를 끈질기게 물고 늘어졌다. 서울역 지하에만 깡통이 있는 줄 알았지, 니 아빠가 깡통 신세가 될 줄은 꿈에도 몰랐다. 나같이 박복한 년이 또 있을까, 로 시작되는 팔자 타령을 국수 가락 늘어지듯 반복했다. 그 남자의 월급은 얼마간 엄마의 통장에서 구경할 수 없다. 나는 엄마의 분통 터지는 마음은 알지만 은근히 그 남자가 걱정됐다. 그 남자가 대박날 주식을 사놓고 한동안 얼마나 흐뭇해하고 있었을까. 생각해보니 그 남자는 너무 순진하고 돈복이 없다. 순전히 이번 깡통 사건은 가족의 미래를 책임지려는 그 남자 노력의 결과다. 그 남자를 배신한 건 세상이었다. 늘 엄마에게 기죽어 살던 그 남자의 마지막 승부수가 돌이킬 수 없는 패배로 끝났다는 게 마음이 아플 뿐이다. 빚이 있다고 아빠를 집에 못 들어오게 할 순 없잖아, 용서해주면 안 될까? 나는 끝음절을 길게 빼며 물었다. 내가 용서해준다고 달라질 게 뭐가 있니? 중요한 건 통장을 메꿀 돈이라구. 엄마 적금이랑 보험이랑 깨면 되잖아. 노후 자금 깨면 네년이 엄마 노후 보장해줄래? 나는 엄마의 노후 보장 이야기에 갑자기 혀가 굳어지는 것 같았다. 한마디 더 거들었다간 각서라도 들이밀 태세였다. 엄마는 그 남자가 없어도 전혀 곤란해 보이지 않았다. 그 순간 엄마가 그 남자에게 발톱의 때만큼이라도 모성애를 발휘해주기를 나는 간절히 원했다. 그러나 불행히도 엄마의 모성애는 그 남자에게 발휘되지 않았다. 엄마의 최대 관심사는 돈이었다. 엄마는 통장에 들어올 돈을 도둑맞은 사람처럼 잔뜩 화가 나 있었다. 그 남자는 가끔씩 우리에게 안부를 전하는 정도의 전화만 드문드문 할 뿐, 얼굴을 내비치지는 않았다. 어쩌면 그 남자가 지금 집에 들어온다고 해도 바늘방석일 게 뻔하다. 엄마의 잔소리가 두려워서겠지만, 그보다는 최소한 식충이는 되지 않겠다는 그 남자의 박약한 의지다. 엄마가 내질렀던 말들을 진짜로 받아들인 그 남자에 대해 엄마는 조금도 신경을 쓰지 않았다. 아무튼 우리 가족 모두는 그 남자가 없어져도 상관하지 않았다. 그 남자가 없어지고 보니 그 존재의 가벼움에 깜짝 놀랐을 정도다. 오히려 컴퓨터가 다운되어서 게임을 하지 못했을 때가 훨씬 더 당황스럽고 슬펐다. 컴퓨터보다 소중하지 않은 가장이라니 신기한 일이다. 그렇게 해서 그 남자가 없는 일상이 우리집에서 시작됐다.

엄마의 긴 한숨은 오래가지 않았다. 엄마는 그 남자의 깡통 주식 사건 이후 전투에 나가는 군인처럼 날이 바짝 서 있었다. 그날부터 동네에 있는 생활정보지를 종류별로 걷어와 빨간 펜으로 점수를 매기듯 동그라미를 쳤다. 그후 우리집 수화기는 하루 종일 엄마의 침이 마를 날이 없었다. 하지만 16년이나 집 안에서 폭 쉰 아줌마를 받아주는 곳은 눈 씻고 찾아도 보이지 않았다. 40대의 엄마를 반겨주는 곳은 특별한 기술이 없어도 되는 파출부와 식당 종업원 정도였다. 하지만 엄마는 파출부 일과 식당 일은 거들떠보지도 않았다. 야간 고등학교를 간신히 마친 엄마의 자존심은 거기까지였다.

"나도 처녀 땐 오라는 데가 지천으로 널렸었는데……"

엄마는 결혼 전 구멍가게만한 회사에서 비서 일을 했다는 것에 꽤 자부심을 갖고 있었다. 그 비서라는 게 지금과는 달리 커피 타는 일과 전화 받는 일 정도였겠지만 단순한 그 일이 엄마이 머릿속에서는 근사한 직장의 명함으로 자리잡고 있었다. 엄마는 생활정보지에서 결국 일감을 찾지 못했다. 나는 엄마에게 이렇게 소리쳤다. 요즘 누가 촌스럽게 이런 생활정보지를 뒤져? 인터넷이 있잖아. 엄마는 내 말 한마디에 그날 밤부터 정보의 바다를 헤엄쳤다. 하루 종일 인터넷 서핑만

하는 엄마는 동생의 받아쓰기 숙제도 내게로 떠넘겼다. 그 남자가 사고 치는 바람에 엄마와 나의 좋은 시절도 종 치고 말았다.

며칠 동안 인터넷을 샅샅이 뒤지던 엄마가 찾아낸 일은 바로 '역할 대행 알바'였다. 엄마는 이색 알바에 호기심이 발동했고, 다양한 일들을 경험할 수 있다는 직업적 특성에 점점 매료되어갔다. 그 다양한 일들은 특별한 기술 따위는 필요치 않았다. 더구나 잘하면 하루에 몇 탕씩 뛸 수도 있다는 '몇 탕'에 엄마는 흥분했다. 엄마의 머릿속 셈은 누구보다 빠르다. 엄마는 열 군데쯤 되는 '역할 대행 사이트'에 가입했고 자신 있게 자기소개를 올렸다.

이름은 황미단, 나이는 40대 초반, 학력 고졸, 두 아이의 엄마, 사회 경험은 비서, 엑스트라, 연극 보조 단원으로 활동하다 결혼하는 바람에 가사에 전념, 그러다 남편이 사고 치는 바람에 절박한 심정으로 구직 자리 알아봄. 시간이 자유로운 아르바이트 발견……으로 시작된 엄마의 자기소개서는 설거지 냄새가 물씬 풍겼다. 동네 아줌마들끼리 일당 2만 원을 받고 종일 촬영 현장에 끌려가 벌벌 떨다 온 것도 경력이라고 올린 엄마가 너무 한심했다. 그것도 모자라 6년 전에 찍어놨던 이미지 사진까지 사이트에 과감히 올렸다. 역시 아줌마는 용감했다. 엄마는 대단한 사업이라도 하는 양 수선을 피웠다. 얼마 전 TV에서 '역할 대행'이라는 신종 직업의 문제점을 본 기억이 갑자기 떠올랐다. 나는 '역할 대행' 하면 왜 꼭 애인 대행만 생각나는지 모르겠다. 그 순간 나는 물가에 내놓은 애처럼 엄마가 불안하게 느껴졌다.

"엄마, 꼭 그 알바 해야 돼? 그 일 문제가 많다던데……"

"엄마는 몸이 약해서 식당 일 같은 건 죽어도 못해. 가게가 훤히 들여다보이는 창문 앞에서 붙박이처럼 김밥 마는 일을 나보고 하라는 건 아니겠지? 혹시 니가 말하는 문제가 애인 대행인가 뭔가 그거 말하는 거 아니니? 정신 차려 이년아, 40대 아줌마한테 애인 대행 시킬 놈이 세상천지에 어디 있니? 오히려 그런 놈 있으면 내가 매달릴 판이다. 그러니까 괜한 상상 집어치우고 이제부터 집안일이나 거들 생각해."

엄마는 건전한 '역할 대행'이라는 것을 누누이 강조했다. 푹 시어빠진 김치 같은 엄마를 애인 대행 시킬 남자는 없을 거라는 엄마의 말에 내심 마음이 놓였다. 엄마는 오래된 이미지 사진을 과감하게 사이트에 올린 것이 신경이 쓰였는지 미장원부터 갔다. 미장원에 다녀온 후 엄마의 푸시시한 바가지 파마머리가 요즘 유행하는 상고 단발로 쌈박하게 바뀌었다. 엄마의 최상급 촌티가 미용사의 가위질에 의해, 순식간에 사라졌다.

엄마에게 드디어 알바가 생긴 건 사이트 가입 후 이틀 뒤였다. 처음 맡은 역할은 생각보다 소박했다. 학교 급식 대행 도우미로, 말하자면 엄마 대행이었다. 의뢰인은 은행원 엄마였다. 초등학교 1학년 아들의 엄마를 대신해 학교에 가주는 것이 엄마의 첫 일이었다. 두 시간 남짓 학생들에게 밥을 퍼주고 청소해주는 대가로 3만 원을 받은 엄마는 첫 월급을 받은 사람처럼 감격해 나와 동생의 속옷을 사가지고 집으로 돌아왔다. 정말 엄마의 말처럼 역할 대행은 건전해 보였다. 부모 대행, 예식장 하객 대행, 실험 보조 알바, 맛 테스터 등의 일회용 알바들이 꾸준히 일감으로 들어왔다.

엄마의 일감이 점점 늘어나면서 반찬도 빨래도 엉망진창이 되는 날이 많았다. 내 체육복은 제때 세탁되지 못해 눅눅하게 허연 얼룩과 곰 팡이까지 생겼다. 그런 탓에 나는 체육시간에 벌점을 받기 일쑤였다. 엄마는 한 달 만에 목표대로 하루에 세 건씩 일을 맡아 잘나가는 역할 대행인으로 변신해가고 있었다. 그런데 나는 반대로 점점 성적이 떨 어지는 학생이 되어 자신감을 잃어갔다. 엄마의 일이 늘어나면서 내 성적이 떨어지는 건 도무지 이해가 안 되는 일이었다. 엄마에게 늘어 난 건 일뿐이 아니었다. 잔소리까지 많아지면서, 자연스럽게 집안일 은 거의 내 차지가 되어가고 있었다. 신문에 끼어온 슈퍼 전단지 미 끼 상품을 체크해 1리터에 1,500원 하는 우유와 한 통에 1,000원 하 는 배추, 원 플러스 원 상품을 사러 가는 일도 엄마 대신 내 할 일이 되어버렸다. 그러니까 엄마의 취미 생활이 곧 나의 의무가 되고 만 것 이다. 엄마에게 불만이라도 말할라치면 '이것도 훈련이다'라는 말을 꽁무니에 달았다. 엄마가 알바를 끝내고 집으로 돌아오면 기계적으로 하는 말이 있다.

"공부 못하면 얼마나 쓰잘데기 없는 인간 되는지 알지? 비싼 학원 비 내고도 형편없는 성적표 내밀 거면, 아예 때려치워. 애써 번 돈 축 내지 말고. 그런 인간은 니 아빠 하나면 족한 거 알지? 엄마 사정 빤 히 알면서 형편없는 성적표는 가져오지 않길 바란다. 최소한 양심이 란 게 살아 있다면 말이다."

반복되는 말, 말, 말…… 그 말들이 해파리처럼 내 가슴을 쏘아붙 였다. 나 역시 초라한 성적표를 들고 오고 싶진 않았다. 나는 반항하 고 싶었지만 그래도 지금은 엄마가 우리집 가장이기 때문에 대들 수 가 없다. 내 보송보송한 생리대 값도 엄마 주머니에서 나오고, 한 달에 한 번 월례 행사로 가는 사우나비도 엄마의 싸구려 인조 악어 지갑 속에서 나온다. 그 남자가 사고만 치지 않았다면, 엄마가 이렇게 잔인한 말들을 내게 쏟아내지는 않았을 텐데……

아침부터 동생이 밥투정을 부려 엄마에게 혼이 났다. 징징대는 동생을 데리고 학교로 가는 길에 오늘 학교 급식 당번이 자기라는 걸 동생은 뒤늦게 말했다. 헉! 나는 동생이 학교 교문으로 들어가는 걸 보고 엄마에게 부리나케 전화를 걸었다. 엄마, 오늘 건민이 학교 급식 당번이래. 그런데 엄마가 대뜸 한다는 소리가, 건민이 급식 당번 갈새가 어딨어? 오늘은 팔순 회갑잔치에 며느리 대행까지 해야 돼, 였다. 지금 팔순 노인네 모시러 분당까지 가야 된단 말야. 니가 대신 건민이 급식 당번 하러 가면 안 될까? 잠시 조퇴하고 말이야. 너만 믿는다. 딸깍. 나는 일방적으로 자신의 말만 하고 전화를 끊어버리는 엄마의 행동에 할 말을 잃었다. 이럴 때 엄마 대행 아줌마라도 붙여줘야 되는 거 아닌가. 엄마는 분명 그 대행비가 아까워 나더러 건민이 급식 당번에 가라고 하는 거다. 나는 전화를 끊고 학교로 무거운 발걸음을 옮겼다. 건민이의 급식 당번 문제가 내 머리를 무겁게 했다.

오전 수업 내내 건민이의 급식 당번 문제 때문에 시계를 자주 봤다. 분침이 12시를 향해 갈수록 마음이 초조해졌다. 손에서 식은땀이 나고, 배도 살살 아픈 것 같다. 정말 엄마는 대책이 안 선다. 이럴 때 알바를 쉬는 것도 미덕인데…… 결국 나는 담임선생님께 아프다는 핑계를 대고 조퇴를 했다. 다행히 건민이의 학교는 담 하나 사이로 가깝게 있어 시간은 맞출 수 있을 것 같았다. 하지만 아무리 생각해도 열여섯 살인 내가 건민이 엄마 대행으로는 너무 어린 것 같다. 더구나 건민이가 엄마 대신 누나가 오는 것에 대해 어떻게 생각할지 마음이 무거웠다.

부지런히 발걸음을 건민이 학교 쪽으로 옮겼다. 복도가 조용한 걸 보면 아직 점심시간이 시작되지 않은 모양이다. 2층 복도로 들어섰을 때 서성이는 아줌마 한 명이 내게 다가왔다. 학생이 급식 당번 하러 왔어? 나는 어색한 웃음을 지으며 짤막하게 네, 라고 했다. 아줌마와 나는 급식이 나오는 엘리베이터로 가서 국솥과 밥이 담긴 식기를 급식대에 올려놓고 교실 쪽으로 밀고 왔다. 그때 수업이 끝나는 벨 소리가 났다. 교실 문이 열려 있는 걸 보니 수업이 끝난 모양이다. 나와 아줌마는 급식대를 밀고 교실 안으로 들어갔다. 교실에 들어서자마자 건민이부터 찾아보았다. 건민이가 나를 보자 뒷자리에서 웃지도 않고 토끼 눈을 하고 서 있다. 건민이와 짧게 눈이 마주쳤다. 순간 건민이의 얼굴에 당황한 기색이 엿보였다. 그때 담임선생님이 내게 다가와 인사를 하며 누구? 라고 말꼬리를 흐린다. 건민이 누난데요. 나는 수줍게 말했다. 담임의 눈동자가 의외라는 듯 커졌다. 엄마 대신 왔구나. 학교는? 조퇴했어요. 엄마가 보낸 것 맞지? 선생님도 기가 찬지 재차 묻는다. 요즘 세상에 동생 급식 도우미로 딸년 학교까지 조퇴시키며 보내는 엄마는 세상에 우리 엄마뿐일 거다.

급식을 나눠주는데 건민이 얼굴이 보이지 않는다. 자리에도 없다. 건민이는 분명히 누나가 온 게 창피해서 어디론가 숨은 것 같다. 애들이 급식을 받아가며 베시시 웃는다. 머리를 짧게 자른 남자애가 장난 궂게 건민이 누나 맞죠? 라고 묻는다. 나는 대답 대신 건성으로 고개만 끄덕였다. 급식 배식이 끝나가는 시간까지도 건민이는 보이지 않왔다. 아무래도 건민이가 말도 없이 집으로 간 모양이다. 나는 청소까지 끝낸 후 집으로 돌아왔다.

　엄마가 없는 집은 사막처럼 휑하다. 거실 바닥 한가운데에 달팽이 유리 상자가 놓여 있다. 그 옆에서 건민이가 쓰러져 자고 있다. 아마도 달팽이를 관찰하다 잠이 든 것 같다. 달팽이는 엄마가 알바 때문에 집을 비우는 날이 많아지자 건민이를 위해 사주었다. 유리 상자 속에 담긴 톱밥 밑에 나뭇잎들을 깔고 달팽이를 키웠다. 키운 지 얼마 되지 않아 달팽이가 수십 개의 알을 낳았다. 그때까지 나는 달팽이가 자웅동체인 줄 몰랐다. 그런데 어제 아침에 달팽이가 갑자기 새끼들만 놔둔 채, 어디론가 사라졌다. 달팽이의 유리 상자 속에는 이제 어미 잃은 새끼들만 꼬물거리고 있다. 건민이가 갑자기 부스스 일어났다. 지은 죄도 없는데 건민이가 급식 당번 얘기를 꺼낼까봐 조마조마했다. 다행히 건민인 잠이 든 사이에 모든 것을 잊어버렸는지 아무 말이 없다. 우리 가족의 처지를 건민인 벌써 이해한 걸까? 그렇다면 천만다행이다.

　우려하던 일이 드디어 터지고 말았다. 엄마가 부인 대행을 하고 만 것이다. 그건 순전히 그 남자의 가출과 관계가 있다. 그 남자는 지금 세 달째 가출중이다. 함바집 아줌마가 갈 곳 없는 그 남자를 거두고 있다는 소문이 인부들 사이에서 나돌았다. 엄마는 그 남자의 소문에 반신반의했다. 아주 핑곗거리 하나 제대로 생겼네. 이참에 하우스에다 살림을 차리지. 허긴 무일푼인 니 아빠를 거둘 여편네가 세상 천지에 어디 있겠니? 다 말 좋아하는 사람들이 하는 얘기지. 엄마는 소문을 믿지 않는 눈치였다. 그 소문이 사실이라면 정말 다행이라는 말이 튀어나오려는 걸 나는 재빨리 집어삼켰다. 엄마는 그 남자 이야기만 나오면 늘 거친 소리를 퍼부었다. 엄마의 꿈틀대는 입술을 바라봤다. 지렁이처럼 꿈틀대는 엄마의 입술에는 립스틱이 덕지덕지 묻어 있다. 나는 엄마의 입을 틀어막고 싶었지만 내버려뒀다. 그래야 엄마의 활화산 같은 가슴이 휴화산으로 변하기 때문이다.

엄마의 부인 대행 알바를 눈치챈 건 순전히 엄마와 어울리지 않는 핑크색 스팽글이 달린 검은색 원피스와 손톱 때문이다. 엄마는 어디서 구해왔는지 스팽글 원피스를 신주단지 모시듯 장롱에 걸어두고 여러 번 입어보고 대어보았다. 이거 옆집 엄마한테 빌린 옷인데 어울리니? 멋이라고는 담을 싼 엄마가 옷에 신경을 쓰고 있다는 건 뭔가 수상쩍은 일들이 진행되고 있다는 징조였다. 특히 16년 동안 엄마의 손톱은 정확히 1센티를 넘어본 적이 없는 요리 전용 손톱이었다. 그런데 요리에 방해되는 긴 손톱에 반짝이 매니큐어라니 익숙지 않았다. 엄마, 어디 좋은 데 가? 모임 알바가 있어서. 왜? 엄마가 안 하던 짓을 하니까 수상해서 그러지. 수상하긴…… 외모도 사회에선 생존 경쟁이라는 거 모르니? 나는 엄마의 '생존 경쟁'이란 말에 확신을 가졌다. 나는 대뜸 엄마 혹시 애인 대행 하는 거 아냐? 라고 물었다. 왜에? 엄마는 전신 거울 앞에서 스팽글 원피스를 몸에 댓다 떼기를 여전히 반복하며 당황하는 기색도 없이 말을 이어갔다. 엄마는 뭐 애인 대행 하면 안 되는 사람이니? 먹고살려면 어쩔 수 없는 거야. 20대 아가씨들 욕할 거 하나도 없어. 취직이 안 되니까 그 일이라도 하는 거라구. 그렇다고 돈 안 되는 패스트푸드 알바를 대졸자가 하기엔 무리가 있지? 어쩌겠니, 노는 입에 거미줄 치느니 이 일이라도 하는 거겠지. 그리구

애인 대행 부탁하는 남자의 입장도 한번 생각해봐라. 오죽 외로우면 애인까지 대행하겠니? 엄마의 항변에 난 기가 막혀 말문이 막혔다. 엄마가 점점 막장이 되고 있는 느낌이었다. 엄마가 언제부터 남자들의 외로움을 대서양만큼 이해하게 됐는지 모르겠다. 다른 남자들의 외로움은 그렇게 훤히 꿰뚫어보면서 그 남자의 외로움은 나보다도 모르다니. 엄마가 돈맛을 알더니 확실히 변했다. 이건 16년을 살아온 나의 감이다. 엄마는 이제 슬슬 경계를 넘으려고 한다. 애인 역할이라도 들어오면 선뜻 하겠다는 뜻인데 이건 아니었다. 문제아는 용서해도, 문제 엄마는 용서가 안 된다. 나는 그날부터 엄마의 뒷조사에 들어갔다.

엄마가 누구를 상대하는지 알려면 핸드폰이 최고다. 아직까지 엄마는 핸드폰의 비밀번호 만드는 법을 모른다. 나는 엄마가 목욕탕에 들어가 샤워를 하는 동안 엄마의 핸드폰의 메일을 열어보았다. 문자 메일함에는 '급식 대행 일당 3만 원, 예식장 하객 대행, 부모님 역할 대행' 등 많은 대행 인생들이 백화점의 물건처럼 빼곡했다. 그중 내 눈을 번득이게 한 수상한 문자가 하나 눈에 띄었다. '모임에 함께 가줄 부인 대행 알바 일당 10만 원, 외모는 수수한 분을 원해요.' 바로 이거였다. 이 문자 때문에 엄마의 위험한 일탈이 시작된 거다. 어쩌면 스팽글 원피스와도 무관하지 않은 문자 같았다. 엄마같이 세상 물정 모르는 사람이 이런 일을 한다는 건 너무 위험하다. 부인 대행하다 진짜 어느 놈팡이의 부인이 되어버리는 날엔 우리 가족은 낙동강 오리알 신세가 된다. 그 남자 옆에서 살림만 하며 세상 물정 모르던 엄마였다. 우리 동네 지리와 빠꿈이처럼 미끼 상품 찾아내는 정도가 엄마가 아는 것이었다. 엄마가 3D업종이 싫다고 했을 때 낌새를 알아봤어야 하는데…… 이럴 땐 그 남자가 원망스럽다. 8천만 원이라는 사채를 쓰지 않았더라면 엄마도 대행 알바를 하지 않았을 텐데……

스팽글 원피스를 입는 날이 엄마의 부인 대행 D데이였다. 그날 엄마는 온종일 누워 오이 마사지에다 황토팩까지 하는 바람에 건민이 밥 주는 것조차 잊었다. 그러고는 오후에 어디서 구했는지 못 보던 헤어 세팅기를 가져와 오징어 다리 말듯 머리에 굵은 세팅을 했다. 내 눈엔 엄마가 알바를 하러 가는 게 아니라 애인을 만나러 가는 것처럼 보여 속이 뒤집혔다. 엄마가 머리에서 세팅 기구를 풀자 구불구불한 웨이브 머리가 그런대로 우아한 아줌마로 변신하게 했다. 지금까지 본 모습 중 가장 낯선 엄마의 모습이었다. 스팽클 원피스와 세팅 머리의 조화는 그럭저럭 설거지 냄새를 지우게 했다. 엄마가 이번 알바에 공을 기울이는 게 어쩜 그 남자에 대한 반란은 아닌지 궁금했다. 엄마는 현관문을 나가기 직전까지 어떠니? 때깔 좀 나니? 라고 묻기 바빴다. 나는 떨떠름하게 그…… 그래, 이제 그만 좀 물어봐. 지금 선보러 가는 사람처럼 왜 그래, 하고 평소답지 않게 하고 퉁명스럽게 대답해 주었다. 엄마가 수더분한 외모이기에 가능한 알바였지만 상대방이 남자라는 게 아무래도 찜찜했다. 더더욱 이해가 안 가는 건 의뢰인 아저씨의 독특한 취향이다. 이왕 돈 쓸 바에 여우 같은 아줌마를 대행으로 쓰면 폼날 텐데, 시골집 장독 같은 아줌마를 돈까지 줘가며 부인 대행이라니 희한한 아저씨다. 이해가 안 가는 건 엄마도 마찬가지다. 아무리 돈 때문이라지만, 그 남자의 부인 역할은 걷어차고 남의 부인 역할이라니…… 이건 콩가루 집안이 될 불길한 징조였다.

그날 밤 엄마는 적당히 붉어진 얼굴을 내밀며 현관문을 열고 들어왔다. 나는 잠이 오지 않아 거실 소파에서 몸을 뒤척였다. 엄마가 비척비척 소파로 걸어와 앉았다. 엄마의 몸에서 들큰한 술냄새가 확 풍겼다. 엄마는 술 한 잔만 해도 얼굴빛이 감홍빛으로 변한다. 그래서 여간하면 술을 입에 안 대는 엄마다. 소파에 잠시 기대앉아 있던 엄마가 갑자기 꾸룩꾸룩, 하는 소리를 내더니 입을 틀어막고 화장실로 달려갔다. 엄마는 변기를 붙잡고 토악질을 해댔다. 나는 벌떡 일어나 엄마에게 달려가 등을 두들기며 한마디를 했다. 아우 술냄새, 술도 못 마시면서. 뭐야? 쏴아아아, 하는 물소리와 함께 엄마의 목소리가 높아졌다. 이년아! 누군 속 버려가며 술 마시는 게 좋은 줄 알아! 비즈니스를 하려면 어쩔 수 없는 거지. 엄마의 알바가 비즈니스라니…… 남들이 이 말을 엿들었다면 분명 엄마를 큰 회사 CEO쯤으로 오해할 게 분명하다. 엄마가 목욕탕에서 씻고 있는 동안 안방 침대에 가서 미리 누웠다. 엄마의 심리 상태가 궁금했다. 엄마가 위태로운 길에서 빠져나올 수 있는 방법을 궁리해야만 했다. 한참이나 뒤척였는데도 엄마는 방으로 들어오지 않았다. 나는 살금살금 거실 쪽으로 나가보았다. 엄마는 핸드폰을 들고 거실을 서성거리고 있었다.

"네, 정사장님, 오늘 즐거우셨다니 다행이에요. 제가 모임에서 실수나 하지 않았나 몰라요. 그런데 애 엄마는 어디에? 네, 애들히고 호수에 가셨구나."

엄마의 말투는 평소와 확실히 달랐다. 보통 때의 목소리는 이마에 주름 빡 잡는 날카로움이 있었다면 지금의 목소리는 낚싯대에 걸려 파닥파닥거리는 물고기처럼 생생하게 튀었다. 엄마의 저런 행동이 여우 짓처럼 보여 맘에 들지 않았다. 어른들은 어쩌면 평범함 속에 자신을 감춰두고 있는 건 아닐까 하는 의심마저 들었다. 추측건대 전화 속 상대는 분명히 오늘 엄마를 부인으로 빌려간 아저씨가 분명했다. 그로부터 대화는 5분이나 더 길어졌다. 엄마는 뭐가 그리 즐거운지 생글거리며 목소리마저 둥둥 떠다니는 것 같았다. 나는 엄마의 전화를 엿들으면서 아저씨의 정체를 알았다. 한때 신문을 도배하던 문제의 기러기 아빠였다. 세상에 기러기 아빠들이 얼마나 많으면 부인 대행이라는 신종 직업들이 나왔을까. 그러니까 엄마는 기러기 아빠의 외로움을 달래주며 돈을 벌고 있는 거다. 예사롭지 않은 징조들이 엄마의 간들거리는 목소리 속에서 감지되고 있었다. 더는 참고 있기가 힘들었다. 엄마의 대화에 찬물을 끼얹으러 용기 있게 거실로 나갔다. 엄마는 나랑 눈이 마주쳤는데도 여전히 헤실헤실거렸다. 엄마의 저런 웃음은 뽕 갈 때만 나온다. 자기가 무슨 사랑에 빠진 십대도 아니고. 내가 계속 똥 마려운 강아지처럼 엄마 옆을 기웃거리자 엄마는 그제야 나의 필을 접수했는지 전화를 끊었다. 누구야? 하고 묻자 엄마는 니가 알아서 뭐할래? 하며 일침을 놓는다. 나는 다시 작전을 바꿔 뜬금없이 엄마에게 퀴즈를 냈다. 엄마, 내가 얼마 전에 들은 이야긴데 한번 들어봐. 여자가 타락하는 방법은 허락이라는데, 이해돼? 허락의 의미가 뭔지 말이야. 엄마는 나의 돌발 퀴즈의 뜻을 아는지 모르는지 그러게, 뭘 허락한다는 거야? 어디서 요상한 얘기는 듣구 와선…… 이라고 얼버무리며 방으로 서둘러 들어갔다. 엄마는 분명히 그 뜻을 알면서도 모르는 척하는 게 뻔하다.

엄마의 핸드폰에는 그뒤에도 기러기 아빠와 몇 번의 만남을 거듭한 흔적이 군데군데 남아 있었다. 아직까지 위험 수위를 넘은 건 아닌 것 같다. 기러기 아빠의 문자는 대게 이런 식이다. '거래처 손님 3명 집으로 초대할 예정, 음식은 간단한 술안주 정도로 해주세요.' '백화점 선물 코너에서 뵙죠.' 지극히 착한 문자였다. 그런데 문자는 착한데 엄마는 날로 불량해지고 있다. 엄마의 불량기는 식탁에서부터 티가 났다. 다이어트를 한다고 아예 삶은 달걀과 야채를 식탁에 쌓아놓고 우리더러 밥은 각자 알아서 해결하란다. 더 이해할 수 없는 건 가끔 쉬는 날엔 손이 많이 가는 잡채와 미더덕 찜, 해파리냉채, 깐풍기 등을 준비해가지고 어디론가 사라진다는 사실이다. 그리고 동생과 나를 위해 준비한 음식이라곤 참치 캔과 도시락 김, 마른 멸치가 전부다. 이건 정말 불량엄마 3종 식단이다.

엄마의 외모는 나날이 진화하고 있다. 열여섯 살 딸내미를 둔 아줌마답지 않게 확 피어났다. 더구나 진절머리 나도록 읊어대던 잔소리도 요즘 들어 부쩍 줄었다. 잔소리가 줄어든다는 긴 우리에게 관심이 멀어진다는 뜻이기도 했다. 엄마의 변화가 오히려 막연한 불안감을 부채질했다. 엄마는 간간이 창밖을 내다보며 한숨을 깊게 내뱉기도 했고, 괄괄하던 목소리가 어느새 조근조근해지며 소녀 취향의 징조까지 보였다. 그토록 즐겨 하던 미끼 상품 메모도 식탁에 남겨두지 않았다. 그러는 사이 전단지 보는 습관이 엄마에게서 내게로 옮겨오고 있었다. 나는 슈퍼로 미끼 상품을 사러 가는 것을 잊지 않았다. 터덜터덜 슈퍼를 가는 사이에도 나는 혹시 엄마와 기러기 아저씨가 만나는 건 아닌지 신경이 곤두섰다.

슈퍼에서 장을 보고 집으로 돌아와보니 식탁에 엄마의 핸드폰이 놓여 있었다. 아직 열어보지 않은 한 통의 문자가 보였다. 나는 얼른 주변을 살피고 엄마의 핸드폰에 찍힌 문자를 열어보았다. 세상에! 드디어 결정적인 단서를 포착했다. 'S호텔 1205호로 가세요. 열쇠는 카운터에 맡겼어요.' 이보다 더 결정적일 수는 없다. 드디어 기러기 아저씨의 수작이 슬슬 가동됐다. 갑자기 가슴이 울렁울렁거렸다. 엄마가 이 문자를 못 보도록 삭제 버튼을 누르려는 순간, 욕실에서 엄마가 젖은 머리에 수건을 싸매고 나왔다. 나는 잽싸게 핸드폰을 제자리에 두었다. 평소와는 달리 엄마의 젖은 머리에서 여자 냄새가 폴폴 나는 것 같았다. 괄괄했던 엄마의 이미지가 그새 어디로 사라졌는지 모르겠다. 이래서 여자의 변신은 무죄인가보다. 엄마는 드라이기로 머리를 말리더니 핸드폰의 폴더를 열고 문자를 확인했다. 그러곤 나풀거리는 하늘색 원피스를 장롱에서 꺼내 입고 그길로 외출해버렸다.

나는 엄마가 집으로 돌아오는 시간까지 속이 바짝바짝 타는 것 같아 냉장고에 있는 캔 맥주를 꺼내 마셔댔다. 맥주를 홀짝거리는 동안 온갖 상상이 나를 괴롭혔다. S호텔 1205호의 문을 여는 엄마가 떠올랐고 지난번 토론 숙제도 생각났다. 학생의 타락은 가정의 문제가 아닌 나의 문제라고 했던 생각이 바뀌려는 순간이었다. 확 그 남자에게 불어버릴까, 하는 갈등이 잠시 생겼지만 맥주 한 캔을 비우는 사이에 그 생각을 날려버렸다. 가정의 평화를 깨는 딸로 남고 싶지는 않았다. 나는 아저씨의 문자를 지우지 못한 일을 두고두고 후회했다. 엄마는 기러기 아저씨에게 최소한의 자존심을 지킬 수 있는 기회를 놓쳤다. 기러기 아저씨의 정중한 입맞춤과 애무를 거부할 엄마라면 굳이 호텔에 가지 않았겠지. 엄마는 저녁이 되어서야 아무 일도 없다는 듯이 집으로 들어왔다.

나는 한 주가 지나도록 엄마의 얼굴을 보지 않았다. 아침 시간에 엄마와 마주칠까봐 알람을 평소보다 한 시간이나 앞당겨놓았다. 방과 후에는 늦도록 만화방에서 죽치고 있다가 늦은 밤 집으로 들어왔다. 엄마의 잔소리가 간간이 있었지만 무시했다. 꼭 필요한 대화는 단답형으로 말했다. 당분간 엄마와의 냉전을 유지할 생각이다. 이건 엄마에 대한 경고이기도 했다.

학교에서 돌아와 현관문을 열자 안방에서 알아들을 수 없는 소리가 문밖으로 새어나왔다. 나는 반쯤 열린 문틈으로 조심스레 안을 들여다보았다. 침대 바닥에는 소주병이 나뒹굴었고, 엄마는 침대 위에 쓰러져 울먹거리고 있었다. 엄마는 누군가와 전화를 하곤 또다시 흐느꼈다. 혹시 기러기 아저씨가 엄마를 차버린 건 아닐까? 온갖 추잡한 생각이 머리를 스쳤다. 더이상은 참을 수가 없었다. 제아무리 어른스러운 열여섯 살이라도 인내심에 한계가 왔다. 나는 눈에 있는 대로 독기를 품고 방문을 벌컥 열었다. 침대 이불 사이에 벌게진 얼굴을 묻고 흐느끼는 엄마를 향해 정신병자처럼 소리를 질렀다.

"엄마! 기러기 아저씨랑 정말 바람났어? 딸 앞에서 못 마시는 술까지 먹고, 질질 짜기나 하고. 내가 진작부터 역할 대행 문제 있다고 했지?"

"너, 너…… 말 다 했어? 김다솜. 니가 뭘 안다고 그래?"

엄마는 내 앞에서 부끄럼도 없이 울음 반, 비명 반으로 나를 향해 소리를 질렀다.

"뻔한 스토리 아냐. 엄마가 그 아저씨 부인 알바 하면서 진짜 애인

돼버린 거잖아!"

"그래 너 말 잘했다. 엄마는 애인 있으면 안 되는 사람이니?"

"안 되지. 엄마는 엄연히 아빠가 있잖아. 빈털터리된 아빠 내쫓고 나니까 후련해? 그래서 남의 남자 기웃거리는 거야?"

엄마는 내 말이 끝나기도 전에 내 뺨을 후려쳤다.

"그래 니가 그렇게 위하던 니 아빠, 얼마 전에 하우스 아줌마랑 진짜 살림 차렸단다. 이제 속 시원하니? 니 아빠 때문에 엄마가……"

엄마는 끝말을 다 잇지 못했다. 엄마의 벌건 눈에 눈물이 가득 고였다. 엄마의 말을 듣고 나는 입이 떡 벌어졌다. 그 남자가 아줌마랑 살림을 차리다니. 깡통 찬 남자를 거둬주는 천사 아줌마가 세상에 존재한다는 게 믿어지지 않았다. 내가 너무 방심했다. 돈 없는 그 남자의 위태로움을 그대로 방치하다니. 그래도 엄마에게 이해가 안 되는 게 있었다.

"그럼 아빠가 미워서, 아저씨가 있는 호텔에 간 거야?"

"그…… 그건 또 어떻게 알았어? 니가 뭐 탐정이라도 되니? 핸드폰까지 뒤지게. 미안하지만 기러기 아저씨 부탁으로 급한 서류 전달하러 간 거네요. 그 호텔에 거래처 손님이 투숙하고 있었거든. 이제 됐니?"

엄마는 술김에 하고 싶은 말들을 죄다 쏟아내고 침대로 푹 쓰러졌다. 이제 나도 남의 역할 대행해주는 거 지겹다! 지겨워!라는 말만 엄마는 되풀이했다.

엄마는 한 주가 지나도록 몸살을 앓았다. 일주일 새에 그렇게 여윌 것 같지 않은 엄마의 볼은 홀쭉해졌고, 눈은 퀭했다. 그사이 엄마의 핸드폰에는 엄마를 찾는 고객들이 꽤 있었다. 그중에 기러기 아저씨 문자도 보였다. '그동안 정말 고마웠어요, 미단씨가 절 좋아하는 마음은 알지만 가정이 있으시잖아요. 저도 이번 달 말쯤 와이프한테 갈까 생각중이에요.' 나는 엄마가 몸살까지 난 이유를 알았다. 엄마는 기러기 아저씨라는 못 올라갈 나무를 넘본 셈이었다. 한마디로 닭 쫓던 개신세라고 해야 맞을 것 같다. 엄마가 아저씨에게 거절당해 다행이지만 한편으론 짝사랑만 한 엄마가 철없어 보였다. 게다가 그 남자쯤으로 여겼던 아빠까지 잃어버릴 상황이니 더욱 처량해 보였다. 불운은 언제나 양파 속처럼 벗겨도 벗겨도 끝을 알 수 없다. 내 예상이 빗나간 건 다행이지만 실연당한 엄마를 바라보는 건 더 끔찍했다.

엄마의 알바가 시들해졌다. 종일 누워만 있는 엄마는 위험한 놀이를 하다가 다친 사람처럼 멍하니 있을 때가 많았다. 엄마는 손톱의 매니큐어가 허옇게 칠이 벗겨져도 새로 바를 생각을 안 했다. 얼굴에는 우뭇가사리 같은 기미가 검게 일어나도록 마사지하는 것도 잊어버렸다. 차라리 엄마가 예전처럼 팔랑거리며 철없어 보일 때가 더 마음이 편했다. 엄마의 상심에 나는 가만히 있을 수 없었다. 함바집 아줌마가 한동안 그 남자를 돌봐준 건 고맙지만 이젠 엄마를 위해서 그 남자를 돌아오게 해야 한다. 내가 할 수 있는 일은 그 남자를 찾아오는 일이다. 아줌마에겐 미안한 일이지만 원래의 지리로 그 남자를 되돌려놔야 한다. 나는 엄마의 마음도 나랑 같을 거라는 걸 안다. 하지만 자존심을 다친 엄마는 그 남자가 제 발로 돌아오지 않는 한 일부러 데리러 가지는 않을 거다. 이 세상에 무일푼이던 그 남자를 가끔은 소중히 여기는 여자도 있다는 사실 때문에 엄마는 더 괴로웠을지 모른다. 나는 가장이 없다는 건 컴퓨터가 갑자기 다운되었을 때보다 더 위험스러운 일이 될 수 있으리라는 생각을 했다.

그 남자에게 전화를 걸었다. 그 남자의 핸드폰 컬러링에서는 〈즐 거운 나의 집〉이 경쾌하게 울렸다. '즐거운 곳에서는 날 오라 하여도 내 쉴 곳은 작은 집뿐이리……' 노래 가사가 2절까지 넘어가는데도 그 남자의 목소리는 들리지 않았다. 무책임한 그 남자를 찾기 위해 엄 마 대신 내가 함바집으로 가기로 했다. 현관문을 나서는데 우산대 옆 에 놓인 오리나무 잎사귀에서 사라진 어미 달팽이를 발견했다. 달팽 이는 오리나무 잎사귀 위에서 꿈틀거리며 움직이고 있었다. 톱밥으로 바닥이 깔린 유리 상자 집보다, 매끈한 오리나무 잎이 더 좋은지 긴 더듬이를 부지런히 움직이고 있었다.

함바집에 도착했을 땐 인부들도 보이지 않았고 요란스러운 포클레 인 소리도 잠잠했다. 나는 찌그러진 함바집 비닐 문 틈 사이로 실내를 들여다보았다. 작은 백색 전구만 켜 있는 어두운 실내에서 함바집 아 줌마가 콩나물을 다듬고 있었다. 나는 숨을 한번 크게 들이쉬고 문을 열고 들어갔다. 아줌마가 나를 보자 찬물을 뒤집어쓴 사람처럼 한동 안 말이 없었다. 저…… 아빠 여기 계세요? 내 말이 끝나자 아줌마는 묵묵히 주방 안쪽으로 들어갔다. 조금 뒤에 주방 안쪽에서 그 남자가 나왔다. 그 남자는 색이 허옇게 바랜 여름 티셔츠를 9월 끝 무렵인데 도 입고 있었다. 철 지난 티셔츠를 보자 갑자기 마음이 울컥했다. 그 남자는 나를 보자 바람 빠진 풍선처럼 의자에 몸을 기대며 앉았다. 아 줌마가 자리를 비켜주었다. 그 남자는 내게 미안하다, 라는 한마디를 짤막하게 했다. 나는 울컥거리는 목소리로 그 남자에게 가슴속에 담아놓은 말들을 쏟아냈다.

"엄마도 너랑 생각이 같니?"

그 남자는 담배를 한 대 피워 물며, 조용히 물었다.

"엄마 지금 많이 아파. 이럴 때 아빠가 정말 옆에 있었으면 좋겠어."

그 남자는 내 마음을 읽었는지 아무 말 없이 일어나 주방 안으로 들어갔다. 잠시 후 그 남자는 때가 낀 누런 비닐 여행 가방을 가지고 나왔다. 그 남자는 나와 함바집 문을 열고 밖으로 나설 때까지 뒤를 돌아보지 않았다. 나는 아빠 대신 아줌마에게 인사라도 해야 마음이 편할 것 같아 주방 쪽으로 다가갔다. 그런데 주방 바닥에 아줌마가 철퍼덕 앉아 얼굴을 감싸고 흐느끼고 있었다. 나는 도무지 인사할 맛이 안 나 도로 주방 밖으로 나왔다. 울고 있는 아줌마를 보자 갑자기 엄마 생각이 나 마음이 무거웠다. 정말 사랑이란 언제나 상처투성인 것 같다.

그 남자가 6개월 만에 집으로 귀환했다. 그 남자가 돌아왔는데도 환영식은 고사하고 엄마는 방에서 코빼기도 안 비쳤다. 그 남자는 멋쩍어서인지 건민이 방으로 들어가 귀환의 첫날밤을 보냈다.

다음날 아침은 일요일이라 아빠는 늦잠을 잤다. 나는 엄마가 늦은 아침식사를 준비하고 있으리라는 기대로 부엌으로 들어갔다. 그러나 부엌에선 따뜻한 음식의 온기조차 느낄 수 없었다. 오랜만에 돌아온 아빠에게 엄마가 자존심을 너무 세운다는 생각이 들어 안방 문을 힘껏 열었다. 그런데 안방에도 엄마는 없었다. 나는 갑자기 엄마의 모습이 보이지 않자 불안했다. 그때 현관문이 열리더니 엄마가 들어왔다. 엄마의 오른손엔 생활 정보지가 쥐여 있고, 왼손엔 두툼한 장바구니가 들려 있었다. 엄마는 부엌으로 들어가 장바구니를 풀어헤쳤다. 나는 엄마 곁에 바짝 다가갔다. 아빠가 집에 오니까 좋지, 좋지? 솔직히 말해봐. 엄마의 소맷부리를 붙잡고 대답을 재촉했다. 얘가 왜 이래? 빨랑 가서 세수하지 못해! 그리고 건민이나 깨워. 나는 결국 엄마에게 원하는 대답을 듣지 못했다. 엄마는 끝까지 그 남자를 깨우라는 말도 하지 않았다. 누구를 위한 식탁을 준비하는지 나는 알 수 없었다. 이제 나에게 의무가 하나 더 생겼다. 위태로운 엄마와 깡통 찬 저 남자의 사이를 이어주는 역할 대행 알바에 내가 나설 때가 온 것이다. 나는 건민이와 아빠를 깨우러 방으로 가던 중 힐끗 오리나무를 보았다. 달팽이가 어느새 오리나무에서 내려와 유리 상자 반대쪽으로 기어가고 있었다. 나는 달팽이를 손끝으로 살짝 집어올려 유리 상자 안으로 깊숙이 넣어주었다.

콜라 버리기

비행기가 이륙하면서부터 내 가슴이 뛰기 시작했다. "이 비행기는 10시 30분에 떠나는 인천국제공항발 북경행 비행기 입니다"라는 승무원의 한국어 안내방송이 마음을 더 불안하게 했다. 진영을 창가에 앉혔다. 진영은 이륙 전부터 옥죈 안전벨트가 갑갑한지 끊임없이 내 손등을 비틀고 꼬집으며 아바, 아바, 하며 소리를 내지르고 있었다. 탑승객들과 승무원이 나와 진영을 바라보며 뭐라 수군거렸다. 나는 애써 그들을 외면했다. 이런 일을 대비해 공항 대합실에서 진영에게 로라반을 콜라에 타서 먹였다. 한 알 가지고는 부족할까봐 두 알을 먹였는데도, 졸음은커녕 눈만 초롱거렸다. 아무래도 콜라의 카페인 성분이 수면을 방해하는 것 같다. 밀폐된 기내 안은 이런 상황을 모면하기에는 너무 비좁았다. 나는 진영의 입을 막으려고 애써봤지만 오히려 진영은 더 큰 소리를 질러대며 버둥거렸다. 승객들의 얼굴이 하나둘 일그러지면서 우리 쪽을 흘깃거리며 보았다. 밀폐된 기내 안을 뛰

처나가고 싶을 정도로 눈치가 보였다. 바동거리는 진영을 있는 힘껏 자리에 앉혀 흥분을 가라앉혔다. 내 반팔 티셔츠 사이로 드러난 팔뚝엔 푸른 멍 자국과 아물어가는 누런 자국들이 뒤엉켜 성한 곳이 없다. 로라반의 약 기운은 이륙한 지 한 시간이 지나서야 나타났다. 그제야 아이의 몸이 지친 듯 축 늘어졌다.

북경공항에 도착했을 때 진영인 여전히 잠에 취해 제대로 걷지도 못했다. 아이의 겨드랑이에 팔을 끼어넣곤 입국심사대를 어렵사리 통과했다. 그러곤 간신히 대합실 의자까지 데려가 앉혔다. 대합실에는 붉은색의 광고들이 우후죽순 보였다. 중국에 왔다는 것을 실감케 했다. 나는 어디로 가야 할지 몰라 의자에 앉아 공항 대합실을 두리번거렸다.

아침에 현관을 나서기 전 유진이가 불안한 눈빛으로 내게 물었다.

"꼭 가야 돼? ……여기서도 못 고치는데 중국이라고 별수 있겠어?"

"그래도 해보는 데까지는 해봐야지. 자폐아들을 고치는 유명한 침술원이 있다고 하니까 속는 셈치고 가보는 거지."

나는 유진의 불안한 마음을 뒤로하고 집을 나섰다. 유진인 열세 살이지만 나이에 맞지 않게 너무 어른스러운 데가 있었다. 그런 모습이 어느 땐 잔망스럽기까지 했다. 나는 유진을 안심시키는 대신 중국으로 가기 위해 회사에는 병가 휴가를 냈고, 차이나 트래블러를 통해 가장 저렴한 항공권을 예매했다. 그리고 마지막으로 진영에게 입힐 옷과 신발을 준비했다. 평소에 외출을 하지 않았던 탓에 진영의 옷은 남루했다. 새 옷이라도 사서 입혀야 마음이 편할 것 같았다. 아이에게 벗어날 그날이 두렵기도 했지만 한편으로는 다가올 해방감을 꿈꾸기도 했다. 그 방법 외에는 나와 유진이가 살 방도가 보이질 않았다. 어쩌면 이 방법이 유진이보다는 내가 잡을 수 있는 마지막 동아줄인지도 모른다는 생각을 했다. 나에게 천당과 지옥은 딱 한 발자국만 옮기면 되는 일이었다.

　남자를 만난 건 행운이다. 그는 내가 근무하는 결혼 정보회사 vip 회원이었다. 커플 매니저의 생명은 많은 회원들을 입회시키는 것이고 그것은 바로 실적이며 수입으로 연결된다. 기본급은 겨우 입에 풀칠할 정도로 책정되어 있고 나머지는 능력별 수당제다. 결혼 정보회사의 커플 매니저는 대부분 이혼녀이거나 사별한 여자들이 많았다. 비즈니스와 결혼을 동시에 만족시킬 수 있는 일의 특성 때문일까. 하지만 사내 규칙에는 회원을 비즈니스와 상관없이 만나는 일은 엄격히 금지되어 있다. 나는 리메리 클럽 vip회원 전문 매니저로 회원을 관리하고 있었지만 단 한 번도 커리어가 화려한 남자들을 욕심내어본 적은 없었다. 그것은 내게 맞지 않는 옷이라고 생각했고 회원들의 몫이라고 여겼다. 여자 회원들은 이혼, 사별, 만혼 등 다양한 이유들을 제각기 가지고 있었다. 회원들이 재혼에 성공하는 경우는 아주 드물었다. 그것은 초혼과는 달리 더 많은 조건들이 장벽처럼 버티고 있기 때문이다. 하지만 모두들 확률 따윈 신경쓰지 않았다. 언젠가는 그런 사람을 만날 거라는 확신으로 소개팅을 즐겼다. 매니저 역시 회원들에게 꿈을 주는 것을 잊지 않았다. 조건 좋은 회원들에게는 더 많은 기회를 제공했고, 그렇지 못한 회원들에게는 명품을 아이 쇼핑하듯 소개팅의 횟수만 채워주면 그만이었다. 개중에는 매니저들이 먼저 맘에 드는 회원을 가로채어 재혼해버리는 경우들도 종종 있었다. 하지만 나는 제외였다. 나는 그 어느 그룹에도 낄 수 없었다. 자녀를 데리고 있는 것만도 핸디캡인데 자폐아를 데리고 있는 여자에겐 그 어느 자격도 주어지질 않았다. 그것은 영화 속에서나 이루어지는 로망이자 이상이고 단지 꿈이었다.

남자의 신상명세서를 넘겨준 것은 관리팀장이였다. 근사하지? 부인이 교통사고로 3년 전에 죽었대. 변리사에다, 능력 빵빵하겠다, 얼굴도 저 정도면 빠지진 않잖아. 관리팀장은 변리사가 자신의 애인이라도 되듯이 되뇌었다. 서류를 건네받은 후, 노블레스 그룹에 있는 여자 회원들을 그에게 몇 번 매칭시켜주었다. 그녀들의 삶은 나와는 달리 가벼웠다. 이혼의 훈장을 빼고는 고민할 만한 흔적이 보이지 않았다. 그에게 소개해도 욕은 얻어먹지 않겠다라는 확신이 들었다. 하지만 여러 번의 소개에도 불구하고 그의 반응은 매번 시큰둥했다. 남자의 취향이 까다롭다는 생각이 들었다.

남자가 사무실을 방문하던 날은 잊을 수 없다. 퇴근 무렵 검은색 순모 코트 정장에 카키색 공단 넥타이를 맨 남자가 내 앞으로 성큼 다가왔다. 짙은 눈썹이 위엄이 있어 보였다. 눈썹 때문이었는지 단박에 그가 회원카드에서 본 변리사라는 것을 알 수 있었다. 남자는 그동안 만난 여자들이 모두 왕비병에 걸려 있다며 불만을 토해냈다. 남자는 여자 회원들의 신상목록을 30분 동안이나 뒤적이다 일어서며, 내게 저녁식사를 대접하고 싶다고 했다. 괜찮은 회원을 소개받기 위해 남자 회원들로부터 저녁식사 대접을 받는 일은 가끔 있긴 했으나 의외였다.

남자의 차를 타고 간 곳은 가정집을 개조해 만든 이탈리안 레스토 랑이었다. 남자는 특별히 나선형 계단과 작은 정원이 마음을 끌었다 며 이곳이 좋은 이유를 친절하게 설명했다. 통유리 창을 통해 보이는 잔디 정원에 조명이 하나둘 켜지는 것이 손님들의 마음을 사로잡기에 충분했다. 어쩌면 남자가 이 집을 좋아하는 것도 아늑하고 온전한 가 정을 이루고 싶어하는 마음 때문인지도 모른다고 나는 생각했다. 주 문한 음식과 와인이 나왔다. 남자의 재혼을 위해 건배를 했다. 남자의 눈은 작았으나 눈동자가 옻칠한 것처럼 까맣고, 이마가 평평해 그의 직업만큼이나 성실한 얼굴이었다. 남자는 재혼에 대한 가치관을 담 담하게 말했다. 그동안 만난 여자분들 다 훌륭하지만 내게는 그다지 큰 매력이 느껴지지 않았어요. 이상하게 아이가 없는 싱글보다 아이 를 키우는 싱글이 더 신뢰가 갈 때가 있거든요. 딸 하나 정도는 충분 히 예쁘게 키울 수 있잖아요. 아들애가 하나 있는데 우리 애보다 위면 좋죠. 그 조건이라면 딱 전데요. 나는 그 순간 뜬금없이 나를 들이밀 었다. 술기운 때문이긴 했지만 그 말을 내뱉고 나선 돌이킬 수 없음을 알았다. 얼굴이 화끈거리는 게 바로 후회가 되었다. 하지만 모두들 조 건만 따지는 세상이라 반항으로 한번 들이대본 치기였다. 내가 처한 현실은 마법을 부려야만 달라질 수 있었다. 남자는 기대 이상의 호감 을 보였다. 남자의 눈엔 나라는 여자가 오히려 회원들보다 훨씬 순수 하고 안심이 되는 싱글로 그 순간 비춰졌던 모양이다. 생각해보면 나 란 여잔 이 치열한 재혼 시장에선 절대적 상품가치가 떨어지는 존재 다. 그래서 애초부터 남자에 대한 욕심도 사심도 없어 거리낌 없이 회 원들과 지낼 수 있었다. 그런 소탈함이 의외로 남자에게 좋은 인상을 심어준 듯했다.

그날 이후에도 남자는 나와의 만남에 적극적이었고 그 바람에 내 마음도 조금씩 흔들리고 있었다. 하지만 진영이의 존재를 솔직하게 말하지는 못했다.

남자의 성격은 특별히 자상하지도 모나지도 않았다. 단지 성취욕이 강해 더 많은 일들을 해내고 싶어했다. 그러려면 안정된 가정이 필요할 터였다. 남자와의 만남은 지친 나에게 활력을 주었다. 그는 가끔 이런 말을 했다. 당신에겐 묘한 매력이 있단 말야. 한적한 근교에서 느껴지는 편안함이랄까? 남자의 말을 들을 때마다, 타이트한 앙고라 니트 사이로 가슴이 팽팽해짐을 느꼈다. 오히려 쉬고 싶은 건 나였다. 하지만 욕심을 부리진 않기로 했다. 자폐아의 엄마라는 강박이 욕심을 자연스럽게 억누르게 했다. 그런 내 모습에 오히려 남자는 점점 더 마음을 열고 다가왔다.

남자는 예상보다 빨리 딸애를 보고 싶어했다. 나는 생각지 못한 일들이 너무 자연스럽게 진행되어 남의 일같이 느껴졌다. 딸애를 보고 싶다는 것은 곧 청혼을 의미했다. 회사에서는 회원과 사귀는 것을 아무도 몰랐다. 만약 이런 사실이 드러나면 매니저들의 입방아와 시샘은 불 보듯 뻔한 사실이었다. 더구나 회사에서는 최상의 상품을 집안 도둑에게 뺏기는 꼴이 되는 셈이어서 비밀에 붙여야만 했다. 그는 재혼 시장에서 1프로에 드는 남자였다. 그런데 계산도 나오지 않는 내가 술김에 남자를 농락한 꼴이 되어버렸다. 고된 일상이 반복되면서 잃어버린 줄 알았던 이성에 대한 욕망이 가슴 밑바닥에 꿈틀대고 있다는 게 믿어지지 않았다. 자폐아인 아들만 없다면 언제든 내 것이 될 수 있는 남자였다.

 남자에게 딸아이를 소개하던 날, 나는 딸아이에게 하이틴 잡지에
나 나올 법한 원피스를 사서 입혔다. 옷은 때론 이미지를 완전히 바
꿀 수 있는 힘을 가지고 있다. 핑크빛 원피스 덕에 딸아이의 퀭한 눈
은 얼굴의 윤곽을 뚜렷하게 해주었고 혈색 없는 뺨은 수선화처럼 야
리한 느낌을 주었다. 남자와의 약속 장소는 처음에 만났던 정원이 있
는 레스토랑이었다. 영문을 모르고 따라나섰던 딸아이는 레스토랑의
낯섦에 오도카니 앉아 있었다. 나는 딸애의 귀에 넌지시 속삭였다. 아
저씨한테 진영이 애기는 꺼내지 마. 왜에? 딸아이는 의아하다는 눈빛
으로 물었다. 그냥…… 넌 동생이 없는 거야. 딸애는 다행히 엄마의
말을 일상적으로 받아들였다. 평범치 않은 동생이란 언제나 집에서만
존재한다는 걸 은연중에 깨달았는지 딸아이는 고개를 끄덕이며 살짝
웃었다. 오랜만에 보는 딸애의 웃음이었다. 그 웃음이 나를 안심시켰
다. 아주 가끔 까르르 웃는 딸을 보며 나는 힘을 냈다. 고객들과 상
담할 때도, 진영이를 들쳐 업고 병원을 전전할 때도, 딸애의 말간 웃
음을 떠올리곤 했었다. 내가 사는 유일한 이유였던 딸애를 단 한 번만
이라도 그늘 없이 웃게 해주고 싶었다. 어쩌면 오늘이 그런 기회가 될
지도 몰랐다.

 남자는 열 살쯤 되어 보이는 아들과 함께 나왔다. 딩신을 꼭 빼 닮
았네. 이 한마디로 그는 내 딸애에 대한 친밀감을 표시했다. 남자는
스태프에게 최상급 와규 스테이크와 스파클링 와인을, 아이들을 위
해서는 어린 송아지 뒷다리 스테이크와 레드 자몽주스를 주문했다.
요리를 기다리는 동안 남자는 미식가답게 송아지 뒷다리가 아이들에

게 좋은 이유를 낮은 톤으로 설명했다. 젖을 떼지 않은 생후 6개월 이내의 송아지는 근육이 발달하지 않아 연하고 라이신이 풍부해 성장기 아동들에게 최고의 음식이란다. 남자는 친절하게도 요리 이야기로 두 아이의 어색함을 실타래처럼 풀어나갔다. 남자의 이야기가 끝나갈 무렵 주문한 요리가 테이블에 올려졌다. 스테이크는 적당한 마블링으로 뒷다리 뼈가 통째로 요리되어 푸짐해 보였다. 딸애가 송아지 뒷다리를 어떻게 먹어야 할지 몰라 당황한 기색이었다. 남자는 여유로운 표정으로 와인을 따랐다. 건배. 우리 모두는 잔을 들어 만남을 자축했다. 나는 지나치게 긴장을 했는지 입안이 바짝 말라 와인 잔을 단숨에 비웠다. 딸그락, 딸아이의 나이프가 바닥으로 떨어졌다. 딸애가 나이프를 주우려 하자 남자는 자연스럽게 스태프를 불러 나이프를 다시 주문했다. 칼질이 서투른 딸애의 어설픈 행동에 얼굴이 달아올랐다. 남자의 아들은 이런 요리에 익숙한 듯 자연스런 손놀림으로 능숙하게 요리를 먹었다. 나는 스테이크를 한 점 잘라 입에 넣었지만, 고기가 혀에 둘둘 말려 목구멍으로 넘기지 못하고 혀 밖으로 되씹고만 있었다. 어쩌면 남자가 젖도 떼지 않은 송아지 얘기를 꺼내는 순간 이미 입맛을 잃어버렸는지도 모른다. 어미를 잃은 송아지와 새끼를 잃은 어미가 테이블 위에서 구슬픈 소리를 내는 듯했다. 남자의 아들이 지나치게 당당한 것이 신경에 거슬렸지만 그 외에는 흠잡을 것이 없었다.

식사가 끝나고 정원으로 나오며 남자는 딸애의 차분함이 마음에 든다며 거듭 칭찬을 했다. 나 역시 이런 오붓한 시간이 익숙한 허기를 가만가만 메워주는 것 같아 기분이 좋았다. 인생의 봄날이 예고 없이 오는 건 아닌가, 하는 착각이 들었다. 조건은 어쩌면 사람에 대한 접근성을 용이하게 하려는 장치인가보다. 정원의 공기는 감미로웠다. 정말 그 순간 마법이 내 몸을 관통하고 있는 것 같았다. 하지만 여전히 내 머리를 짓누르는 건 진영이라는 숨겨둔 존재였다. 그것만큼은 진짜 마법의 힘으로만 바꿀 수 있는 어쩔 수 없는 일이었다.

내 무릎을 베고 곤하게 자던 진영이가 깨어났다. 아이는 일어나자마자 내 옆구리를 툭툭 치기 시작했다. 목이 마르다는 뜻이다. 가방 속에서 콜라를 찾았다. 콜라를 마시며 아이는 대합실 천장에서 무언가를 발견한 듯 위를 쳐다보며 뱅뱅 돌았다. 나는 의자에서 서둘러 일어섰다. 진영이의 손을 잡고 공항청사를 빠져나와 택시 승강장으로 갔다. 빨간 샤기 택시가 보였다. 무조건 택시의 뒷좌석에 진영을 밀어넣고 서둘러 나도 함께 탔다. 운전기사가 고개를 획 뒤로 젖히며 알 수 없는 중국말을 했다. 나는 무조건 북경 안내 지도를 펼쳐 천안문이라는 한자에 손가락을 짚었다. 기사는 골똘히 보더니 알았다는 듯이 고개를 끄덕였다.

택시는 빠르게 북경공항을 빠져나갔다. 택시가 북경 도심으로 들어서자 자전거를 탄 행인들의 인파로 도로가 북적였다. 끔찍한 교통정체에 열받은 운전기사들의 욕설이 차창 밖으로 들려왔다. 혼잡이 더해지면서 차는 꼼짝없이 도로에 갇힌 꼴이 되고 말았다. 아바! 아버! 느닷없이 내지른 아이의 괴성에 운전기사가 백미러로 뒤를 힐끔힐끔 살폈다. 나는 어색한 웃음과 함께 양해해달라는 의미로 고개만 까닥했다. 다행히 운전기사는 별말이 없었다.

진영의 손은 여름인데도 차가웠다. 택시를 탄 이후로 진영은 내 손을 꼬옥 잡고 놓지 않았다. 아이는 직감적으로 아주 낯선 곳에 왔다는 것을 알고 있는 듯했다. 나 역시 불안한 마음으로 진영의 손을 놓지 않았다. 진영의 한쪽 손이 살며시 내 얼굴에 와 닿았다. 진영의 눈망울이 오랫동안 나를 들여다보았다. 진영의 얼굴을 이렇게 마주보며 오랫동안 응시한 적이 있었던가. 언제나 노심초사, 발을 동동 구르며 아이가 저지른 일에 대해서만 초점을 맞췄다. 나는 순간 아이의 눈을 회피했다. 더이상 아이의 눈을 오래도록 볼 수 없었다. 아이의 눈은 어미가 하는 행동을 다 알고 있는 것처럼 내게 죄책감을 불러일으켰다.

진영의 자폐를 발견한 것은 아이가 세 살 때쯤이었다. 나는 남편의 사업을 돕기 위해 늘 사무실에 출근해야만 했다. 남편은 면직물 공장에 매달려 늘 바빴다. 나는 거래처 관리와 경리 일을 맡아 남편을 도왔다. 연년생 아이들을 돌보며 일한다는 건 불가능했다. 나는 아이 봐주는 할머니에게 두 아이를 맡겼다. 아이가 눈을 맞추지 않을 때에도, 걸음이 더뎠을 때에도 늦된 아이로만 생각했다. 주변에서 아이를 염려하는 말들은 무시했다. 진영이가 세 살이 되면서 여전히 말 대신 알 수 없는 괴성만 질렀을 때 비로소 문제의 심각성을 깨달았다. 뒤늦게 병원에서 '스펙트럼 자폐'라는 진단을 받았다. 호흡이 약해 소리를 못내는 언어장애와 다른 사람이 듣지 못하는 소리까지 예민하게 들어 고통스러워하는 소리장애, 주의력 결핍 등 사회성을 가질 수 없는 요인들을 진영인 골고루 가지고 있었다. 더 절망적이었던 것은 절대 나아지기 힘들다는 의사의 소견이었다. 의사는 너무나 단호했다. 돌 전에 아이를 데리고 왔어야죠. 이 병은 조기 발견만이 치료할 수 있는데

너무 늦은 감이 있네요. 의사의 말이 내 가슴에 꽂히는 순간 분노가
치밀었다. 아무리 그렇다고 해도 일말의 희망도 주지 않다니. 나는 의
사의 말을 믿을 수 없었다. 아이를 소홀하게 관찰한 대가치곤 너무 단
순한 답변이었다. 그후 유명하다는 소아 뇌신경 의사들을 찾아다녔지
만 달라진 건 없었다. 오진이 가끔은 사람을 유쾌하게도 하는데 그런
일은 내게 절대 일어나지 않았다. 나는 당장 회사를 그만두었다. 엄마
로서 빨리 발견하지 못한 내 미련함 때문에 아이가 저렇게 되었다는
생각이 두고두고 나를 괴롭혔다.

　택시가 천안문 광장 앞에 멈춰 섰다. 거대한 마오쩌뚱 초상화가 보
였다. 초상화 왼쪽에 적힌 '중화인민공화국 영원하라'라는 구호 아래
에서 사람들이 사진을 찍고 있었다. 사람들의 표정은 한결같이 근심
걱정이 없어 보였다. 천안문 광장은 생각했던 것보다 훨씬 넓었다. 사
람들이 삼삼오오 몰려 있었지만 너무 큰 광장이다보니 횅하니 한산해
보였다. 이곳은 아니야…… 창밖을 두리번거리는 나에게 운전기사는
중국말로 뭐라고 중얼거렸다. 나는 잠시 머뭇거리다, 다시 지도를 운
전기사에게 보여주며 이번에는 자금성 쪽을 짚었다. 운전기사는 알겠
다는 듯 다시 방향을 틀었다. 아아……아피 아…… 아이는 좁은 차
안의 지루함 때문에 또다시 몸을 비틀어댔다.

　가정이 뒤틀리기 시작한 것은 아이의 병명을 알고 난 후부터였다.
뇌파검사도 받아보았지만 달라진 건 없었다. 사설 특수교육기관에서
행동치료, 언어치료, 놀이치료를 했다. 뒤늦게라도 할 수 있는 치료
방법은 죄다 동원해보기로 했다. 그것만이 내 미련함을 깊이 뉘우치
는 최선이라고 생각했다. 나는 서점을 뒤져 자폐아 교육에 대한 정보

와 부모들의 성공 수기 등을 읽으며 작은 희망의 불씨를 지폈다. 온종일 특수교육 센터를 순례하며 때늦은 엄마 노릇에 열을 올렸다. 아이를 정상아로 만드는 데 필요한 비용은 상상을 초월했다. 사교육은 정상아에게만 해당되는 게 아니었다. 특수아를 대상으로 하는 놀이교육은 이미 부가가치 상품으로 부모들의 등골을 휘게 했다. 물건 건네기, 공 굴리기, 벽돌 쌓기, 엄마라는 단어를 반복해서 백 번 외치기 등 언뜻 보면 너무나 단순한 놀이교육이었다. 지극히 단순한 기본을 배우기 위해 많은 돈을 지불해야 하는 진영이었다. 그것은 우리 가정에 또다른 그늘이 되었다.

진영이의 병은 시간이 지날수록 새로운 문제를 하나씩 만들어나갔다. 바깥바람 쐬기에 맛을 들인 진영인 틈만 나면 야무진 손아귀로 내 손등과 옆구리를 꼬집고 때리며 나를 끌고 밖으로 나갔다. 아이는 앞뒤 재지 않고 무조건 앞으로 내달렸다. 언제 어디로 튈 줄 모르는 통통 볼처럼 아이에 대한 감시가 잠시라도 소홀해지면 아이는 어디론가 감쪽같이 사라지곤 했다. 어디선가 급브레이크 밟는 소리가 나고 볼멘 운전기사의 무지막지한 욕설이 터져 나온 뒤에야 아이를 잡을 수 있었다. 하루에도 몇 번이나 이런 고비를 넘기며 파김치가 되어 집에 들어오면 또다른 전쟁이 기다리고 있었다.

진영인 여자애들의 머리 냄새에 유난히 집착했다. 유진이의 머리는 늘 진영이의 갈퀴손에 의해 쥐어뜯기기 일쑤였다. 옥신각신 밀고 당기는 실랑이에 방바닥에는 유진이의 뜯긴 머리카락이 뭉텅이로 수북이 쌓이곤 했다. 그럴 때면 유진인 소리를 바락 질러댔다. 진영이 좀 제발 먼 데다 갖다버려, 너무 힘들어죽겠다고! 제발. 유진이의 외침에 나는 가슴이 조여드는 것 같았다. 유진은 무방비 상태에서 언제나 느 닷없는 폭행과 수난을 진영에게 숙명처럼 받아야 했다. 어린 나이에 진영의 병을 이해하기엔 무리가 따랐다. 더구나 동생의 기괴한 모습 이 들키는 게 두려워 유진인 친구를 집에 데려온 적이 한 번도 없다. 유진의 정서에 문제가 생길 것이 우려가 되었지만 어떤 방법도 찾기 가 어려웠다.

자라면서 진영이의 힘은 슈퍼 헤비급이 되었다. 나는 녹초가 되었 고, 아침이면 만성 수면 부족으로 몽롱한 상태에서 하루가 시작되곤 했다. 남편의 사업에 이상이 감지된 건 진영이가 여덟 살이 되던 해였 다. 남편이 집으로 들어오지 않는 날들이 잦아지면서 회사가 어렵다 는 걸 눈치챘다. 진영이의 특수치료에만 매달리는 동안 나 자신도 지 쳐 있었다.

공장의 사고 소식이 전해진 날 밤에도 진영의 콜라 타령은 끝이 없 었다. 진영은 유난히 콜라에 대한 집착이 심했다. 1.5리터를 벌컥벌 컥 다 마시고도 더 달라고 졸라댔다. 식탐이 강한 아이였다. 내 몸에 는 이미 진영의 매운 손가락에 의해 검푸른 멍들이 문신처럼 아롱아 롱 새겨져 있었다. 밤에 마시는 콜라는 진영이의 잠을 방해해 밤새 뒤 척이게 했다. 아이와의 씨름에 지칠 무렵 전화벨이 울렸다. 나는 전화 를 받을 기운조차 없었다. 받을까 말까 망설이는 사이에도 전화벨은 끊이질 듯 넓어지지 않고 계속 울려댔다. 나는 수화기를 들었다. 남 편의 전화였다. 다급한 목소리로 공장에 불이 났다고 했다. 남편은 화 재 사고가 해결될 때까지 집에 못 들어간다는 말만 하고 전화를 끊었 다. 나는 진영이와 유진이를 놔두고 정신없이 공장으로 내달렸다. 공장에 도착했을 땐 이미 원단들이 모두 타버린 뒤였고, 남편은 넋이 나가 있었다. 공장 내부 시설에 문제가 있었다. 작업 도중 한 용접공의 실수로 불꽃이 쌓여 있던 원단 쪽으로 튀어 불이 난 것이었다. 공장에 있던 인부들 네 명이 화상을 입었고 공장은 거의 소실되고 골격만 처참하게 남아 있었다. 화재 보험은 연체된 상태여서 보험 혜택을 받을 수 없었다. 순식간에 공장은 문을 닫게 되었다. 회사는 채무 변제를 못 해 집은 경매 처분될 위기에 놓였다. 남편과 나는 하루가 멀다 하고 날아오는 은행 고지서에 짓눌려 조마조마한 시간을 보냈다. 남편은 돈을 구하려고 백방으로 힘을 써봤지만 허사였다. 얼마 후 아파트에는 집달관들이 들이닥쳐 살림살이에 빨간딱지를 붙였다. 하루아침에 집을 잃는다고 생각하니 막막했다. 남편과 나는 둘 다 조실부모하고 자라 손 내밀 변변한 친척조차 없었다. 남편은 점점 무기력해져갔다. 가끔씩 진영이를 멍하니 바라볼 뿐 말수도 줄어들었다. 남편의 무기력함은 나를 더욱 조마조마하게 했다. 남편은 날마다 방구석에 틀어박혀 나오질 않았다. 기면증에 걸린 사람처럼 잠만 잤다. 당장 생활비가 바닥나 내 목을 조여왔다. 그후 구청 복지과를 내 집 드나들듯 다녔다. 저소득 가구의 장애인 등록증과 6만 원의 특수장애 수급비가 고작이었다. 진영이의 특수교육도 그만두었다. 특수학교를 다니는 건 자폐아에겐 중요했다. 사회성 훈련이 중단되었다는 건 재활의 포기를 의미했다. 나는 아이를 포기하고 싶지 않았다. 아니 수만 번의 사회성 훈련을 반복하더라도 고쳐주고 싶었다. 결코 내 아이를 다른 사람들의 손가락질을 받으며 야수처럼 살게 할 수는 없었다. 나는 남편과 마주칠 때마다, 배고픈 사자처럼 으르렁댔다. 때로는 가족을 위해 다시 한번 일어서달라고 남편에게 애원하기도 했다. 남편은 그럴수록 무기력하게 수면 아래로 가라앉았다. 그로부터 한 달쯤 지났을 때 더이상 남편을 집 안에서 볼 수 없었다.

택시가 자금성 오문 앞에 섰다. 나는 운전기사에게 30위안을 주고 서둘러 내렸다. 진영이는 낯선 여행의 피로감 때문인지 연신 하품만 해댔다. 아이에겐 무리한 일정이었다. 평상시 같으면 낮잠을 잘 시간이었다. 아이의 피로감 때문에 가슴 한쪽이 서늘해졌다. 이럴수록 느슨해지려는 마음을 단단히 죄었다.

오문 입구의 매표소 쪽에는 여행가이드의 깃발들이 보였다. 한국 관광객들도 눈에 띄었다. 나는 아이를 데리고 어디로 가야 할지 주변을 살폈다. 점심시간을 훌쩍 넘긴 시간이어서 일단 근처 식당을 찾아보기로 했다. 길 건너에 홍빈루라는 교자집이 눈에 들어왔다. 식당 안에 들어서자 손님들이 별로 없었다. 만두와 볶음우동을 시켰다. 아이에게 배불리 음식을 먹여야 마음이 놓일 것 같았다. 주문한 음식이 나오자마자 아이는 뜨거운 만두를 덥석 집어 우적우적 씹었다. 다른 날 같았으면 손으로 먹는 아이를 때려서라도 젓가락을 쥐여주었을 텐데 지금은 그러고 싶지 않았다. 나는 볶음우동을 목구멍으로 넘길 수 없었다. 아이는 만두 한 접시를 다 먹고도 부족한지 게걸스럽게 우동까지 손가락으로 집어먹었다. 오늘따라 아이는 허기에 지친 한 마리의 양처럼 순했다. 12년을 키워온 아이였다. 나는 눈물이 배어나왔다. 평범한 아이는 아니었지만 어김없는 내 핏줄이었다. 온전치 못한 아이를 낳았다는 자책감으로 얼마나 많은 날들을 보냈던가. 그런 아이를 버리려고 나는 이곳까지 왔다. 식당 안에서 아이를 데리고 다시 서울로 돌아갈까 하는 충동 때문에 혼란스러웠다.

　남편이 가출한 뒤 경매 배당금으로 천만 원이 조금 못 되는 돈이 쥐어졌다. 남편의 가출에 대한 울분이나 원망 따윈 뒷전이었다. 나는 먼저 파출소에 가서 남편의 가출 신고를 했지만 아무런 연락도 없었다. 방을 구하러 부동산중개업소를 전전했다. 주변 부동산중개업소에서는 얼마 안 되는 보증금에 맞는 방이 없다고 무 자르듯 말했다. 하지만 골목 끝 부동산중개사는 달랐다. 가족이 몇 명이냐고 물었고, 지친 나에게 따뜻한 커피도 직접 끓여 내왔다. 나는 중개사의 호의가 내심 고마웠다. 평소에 안면은 있었지만 내 사정을 구구절절 이야기 해본 적은 없었다. 그날따라 절박한 내 상황을 나도 모르게 주절거렸다. 중개사는 그런 내게 걱정하지 말라며 위로까지 해주었다.

　세 식구 살기 좋은 방이 나왔는데…… 부동산중개사에게 연락이 온 건 며칠 후였다. 보증금까지 조정해놨다고 함께 보러 가자고 했다. 중개사가 안내한 방은 가파른 언덕에 자리한 옥탑방이었다. 진영이를 데리고 다니기엔 언덕이 거슬렸지만, 이것저것 따질 처지가 못 되었다. 옥상에는 넓은 툇마루가 놓여 있었고 주인이 작은 화단까지 가꿔 꽤 정감이 갔다. 중개사는 옥탑방 세입자가 출장을 가면서 열쇠를 맡겼다며 문을 두드리지도 않고 열쇠로 열었다. 방 안에는 정갈하게 침대가 놓여 있었고 창문 쪽에는 차광을 위해 블라인드까지 있었다. 특히 욕실이 넓은 게 마음에 들었다. 진영이를 목욕시키기에 무리가 없어 보였다. 나는 중개사에게 이 방을 꼭 계약할 수 있게 해달라고 했다. 그러자 중개사는 갑자기 내 귓불에 더운 김을 불어넣듯이 속삭였다. 내가 하자는 대로 하면 돼, 하면서 느닷없이 나를 침대로 몰아붙였다. 왜 이러는 거죠? 하며 뒷걸음질치는 사이 어느새 중개사의 손은 블라우스 사이를 파고들었다. 이 방을 계약할 수 있는 거죠? 이 방을 꼭 구해줘야 돼요, 하고 제차 물었을 때 중개사는 내 입술 위로 자신의 두꺼운 입술을 포개며 내 방 따윈 대수롭지 않다는 듯 가볍게 대꾸했다. 알았다구…… 알았어. 중개사의 어설픈 답변이 만족스럽지는 않았지만 머릿속에는 실종된 남편과 자폐아 아들, 천덕꾸러기 처지가 된 딸아이, 경매된 집이 바람처럼 스치고 지나갔다. 내가 가진 것이라곤 아무것도 없었다. 내게 줄 게 있다면 다 줘서라도 방을 구하고 싶었다. 내 처지라면 이보다 더한 패악이라도 저질러야 하는 게 아닌가라는 생각이 나를 옭아매고 있었다. 하지만 그것도 잠시였다. 중개사의 묵직한 그것이 사타구니 사이를 파고들 때쯤 참을 수 없는 이물감 때문에 중개사를 힘껏 침대 밖으로 밀어냈다. 새시 문을 박차고 나와 언덕배기를 뒤도 돌아보지 않고 뛰어내려갔다. 다리가 후들거렸다. 캄캄한 골목 구석으로 가 주저앉았다. 블라우스 단추를 여미며 흐트러진 옷매무시를 살폈다. 내 자신에게 욕지기가 쏟아졌다.

다음날 아침 중개사에게 전화가 왔다. 옥탑방 세입자가 다시 방을 연장 계약하기로 했다며 떨떠름하게 전화를 끊었다. 나는 헛웃음이 났다. 아마도 내가 그의 몸을 받아들였다면…… 나는 그뒤 다른 부동산을 통해 겨우 반지하 방을 얻을 수 있었다.

언젠가 아이를 잃어버린 적이 있었다. 잠시 환기를 시키려고 현관문을 열어놓은 게 화근이었다. 나와 유진은 동네 골목을 구석구석 뒤졌다. 인식이 없는 아이는 또다시 무언가에 홀려 자신만의 세계로 꽁꽁 숨어버린 것이다. 날이 점점 어두워지고 있었다. 아이가 보이지 않아 마음이 불안해져갔다. 파출소에 연락을 하고 밤늦도록 아이를 찾아헤맸다. 진영이다! 유진이의 목소리가 들렸다. 그곳은 막다른 골목이었다. 어두운 골목 끝에서 쭈그리고 앉아 있는 아이가 보였다. 가까이 가보니 아이는 주택가 골목에서 내다버린 쓰레기봉투를 모조리 뜯어 땅바닥에 어질러놓았다. 썩은 음식물찌꺼기들을 손으로 주물럭거리고 있었다. 더구나 음식물찌꺼기를 입에 넣었는지 입 주변이 더러워져 있었다. 얼룩진 옷에서 풍기는 악취는 코를 싸쥐게 만들었다. 음료수 캔 뚜껑 쪽으로 난 작은 구멍을 후벼팠는지 손가락 마디마디에 피가 흥건히 배어 있었다. 나는 순간 아이가 사람처럼 보이지 않았다. 한편으로 가슴 아래에서 울컥거리는 분노가 치밀었다. 보이는 게 없었다. 내 손은 미친 듯이 아이의 등짝을 셀 수 없이 후려쳤다. 나의 패악에도 아이는 꼼작도 안 하고 그 자리에서 도망치지도 않았다. 그런 아이를 보자 꾹꾹 참아두었던 눈물이 꾸역꾸역 쏟아졌다. 옆에 서 있던 유진이가 나에게 달려들어 엄마, 울지 마! 하며 덩달아 울음을 터뜨렸다. 세 식구만 덩그러니 세상에 남겨진 것 같아 무서웠고 지독한 외로움이 서러움이 되었다. 이제는 위태로운 외줄타기에서 그만 내려와야 할 것 같았다. 혼자의 힘으로는 도저히 갈 수 없는 아득한 나라를 헤매고 있는 것 같아 두려웠다.

진영이의 특수교육비도 문제였지만 당장 먹고사는 일이 큰 문제였다. 나는 일을 해야만 했다. 진영이를 당분간 집에 두기로 했다. 좁은 거실에는 아이의 관심을 끌 수 있는 블록이나 공, 장난감을 눈에 보이게 놔두었다. 아이가 자주 다니는 식탁 쪽에 빵과 콜라, 김밥을 두었고, 오후 시간에 유진이가 학교에서 돌아오면 동생을 돌보도록 했다.

딸에게 다 큰 동생의 대소변 뒤처리까지 하라고 하는 건 가혹한 일이었지만 어쩔 수 없었다. 진영은 자신의 의사를 무조건 꼬집거나 때리는 걸로 표현하기 때문에 유진은 학교 숙제도 제대로 할 수 없었다. 일을 저지르기 전에 미리미리 생리적인 부분을 해결해야 했고 요구하는 것은 눈치껏 알아서 해줘야 했다. 유진이의 교과서는 진영이에 의해 늘 조각조각 찢기고 훼손되어버리기 일쑤였다. 유진인 날이 갈수록 수척해져갔다. 나는 1년 동안은 제대로 된 직장을 구하지 못해 밤낮으로 파트타임으로 할 수 있는 일들을 닥치는 대로 했다.

집 안은 매일 전쟁터였다. 어느 날 일이 끝나고 집으로 돌아왔을 때 거실과 방 안이 온통 비누 거품으로 가득 차 있었다. 바닥엔 비눗물이 흥건히 괴어 한 발도 움직일 수 없었다. 아이는 욕실에 있던 세제를 모두 바닥에 부어놓고 휘젓고 있었다. 마침 학교에서 돌아온 유진이가 거실로 들어서려는 순간 바닥에 미끄러졌다. 순식간의 일이었다. 유진의 팔목은 점점 부어올랐고 통증을 호소했다. 딸의 그렁그렁한 눈이 명치끝을 아리게 했다. 딸아이는 울먹이며 내게 대들었다. 진영이가 쓰레기면 좋겠어. 어디든 갖다 버릴 수 있잖아. 아빠도 진영이 때문에 우릴 떠난 거잖아. 내가 모를 줄 알아. 딸아이의 울부짖음 때문에 내 가슴이 먹먹했다. 무슨 말을 해줘야 할 것 같은데 입이 붙어 도무지 떨어지질 않았다. 정말 듣고 싶지 않은 말을 딸의 입을 통해 죄다 들어버린 것 같았다. 남편의 가출이 무슨 의미인지 딸은 정확히 알고 있었다. 둔감해도 될 문제들을 6학년인 딸은 민감하게 느끼고 있었다. 정말 이제는 남편이 돌아온다 해도 용서할 수 없을 것 같았다. 진영이의 그늘 때문에 마음 놓고 사랑해줄 여유가 없었던 천덕

꾸러기 딸을 아빠라도 있다면 보듬었을 텐데. 딸은 늘 내향성 발톱처럼 내 살을 깊이 파고들어가는 존재가 되고 말았다.

자금성 기와는 온통 황금색으로 물들어 있었다. 울긋불긋 채색된 999개의 방은 한때의 영화를 보여주는 듯했다. 태화문 앞에 이르렀을 때 내 발은 얼어붙은 듯 멈추었다. 사람들 사이로 자그마한 청동사자상이 눈에 들어왔다. 동쪽의 수컷 사자가 발에 여의주를 움켜쥐고 있었고 서쪽의 암컷은 새끼를 뒤집은 채 앞발로 배를 짓누르고 있었다. 나는 날카로운 발톱으로 새끼의 배를 짓누르는 암컷을 뚫어져라 쳐다봤다. 이곳이 나와 유진에게는 마지막 기회가 될 수 있다는 마음이 들었다. 여기까지 온 것도 진영에 대한 미련을 떨치기 위함이 아니던가. 영원히 아이를 찾을 수 없는 곳이 필요했다. 진영은 암사자상 앞에 가서 괴성을 지르며 앞발을 툭툭 건드려보았다. 그러더니 청동사자상 위에 올라가 신이 나는지 괴성까지 지르며 팔짝팔짝 뛰었다. 한 패의 중국 관광객들이 못마땅한 듯 나와 진영을 번갈아 보며 흘끔거렸다. 가이드가 사자상을 가리키며 설명을 하기 시작했다. 나는 아이의 팔을 잡아끌었다. 시간이 흐를수록 마음이 다급해졌다. 천안문을 지나친 게 후회스러웠다.

해그늘이 점점 가물거렸다. 이제는 더이상 머뭇거릴 시간이 없었다. 아이가 어느새 구룡벽 쪽으로 가고 있었다. 나는 아이의 등뒤에 시선을 박고 따라갔다. 손에서 자꾸 축축한 땀이 배어 나왔다. 입은 바짝바짝 타들어갔다. 용머리 조각이 새겨진 배수구 옆에서 아이는 뭔가 홀린 듯 입을 벌리고 고개를 갸웃거리곤 천여 마리나 되는 용들의 입에서 뿜어내는 물줄기를 정신없이 바라보고 있었다. 마치 아이가 물줄기 속으로 빨려들어갈 것 같았다. 물은 아이에게 양수였다. 아이의 생명이 꿈틀대던 그때로 아이는 돌아가고 있는 듯했다. 아이의 뒷모습을 바라보다 지금이 기회라는 생각이 불현듯 들었다. 나는 태화전 쪽으로 슬금슬금 뒷걸음쳤다. 아이는 여전히 물줄기에 넋이 나가 있다. 아이가 뒤를 돌아볼 것 같아 오문이 있는 쪽으로 뛰었다. 뒷덜미가 뻣뻣해졌다. 아이가 뒤를 돌아보며 엄마라고 소리를 지를 것 같았다. 알지 못할 기운이 내 몸에 스멀스멀 퍼지고 있었다. 뒤에 오는 사람들이 나를 붙잡으러 오는 것만 같았다. 오문 쪽으로 나왔다고 생각했으나 아까 본 거리가 아니었다. 벌렁거리는 가슴을 주체하기 힘들어 숨을 길게 내쉬었다. 어디로 가야 할지 몰랐다. 길을 잃어버리다니. 붉은색 담장에 몸을 기댔다. 담장 너머에서 아이가 엄마를 찾는 소리가 들리는 것 같아 귀를 막았다. 도로에는 택시가 한 대도 보이지 않았다. 나는 한시라도 빨리 이곳을 벗어나야 할 것 같아 행선지도 알 수 없는 버스를 무작정 올라탔다. 버스가 성곽의 담을 스치고 지나가자 나 자신이 너무 무서워 숨이 멎는 것만 같았다. 얼마나 갔을까. 나는 버스에서 내려 택시를 타고 공항으로 향했다.

북경공항 대합실 시계는 7시를 가리키고 있었다. 인천공항행 항공기 출발이 한 시간 남았다. 나는 탑승 수속 카운터로 다가가 가방에서 여권과 항공 티켓을 찾아 항공사 직원에게 내밀었다. 항공사 직원은 여권을 확인하더니 내 얼굴을 빤히 쳐다보았다. 여직원은 중국말로 뭐라고 중얼거리며 여권의 사진을 짚었다. 사진 속의 얼굴은 자금성 안에 유기해버렸다고 굳게 믿었던 진영의 얼굴이었다. 나는 소스라치게 놀라 여권을 빼앗아 재킷 호주머니에 구겨 넣었다. 그리고 서둘러

내 여권을 찾아 직원에게 내밀었다. 탑승 수속을 마친 나는 화장실로 서둘러 들어갔다. 하루 종일 빈속으로 다녀서인지 갑자기 속이 메슥거리며 현기증이 심하게 났다. 화장실 안으로 들어가 진영이의 여권을 꺼냈다. 여권 속의 진영은 여전히 맑게 웃고 있었다. 나는 사진이 있는 쪽의 코팅된 면을 부들부들 떨리는 손으로 조심스레 뜯어 눈썹가위로 마구 잘랐다. 용변기 안에서는 진영이의 조각난 얼굴들이 유영하듯 떠 있었다. 마지막으로 가방 안에서 굴러다니던 콜라병을 꺼내 남아 있던 콜라를 진영의 조각난 사진 위에 쏟아부었다. 더듬더듬 레버를 눌렀다. 용변기의 물살이 진영이의 여권 사진과 콜라를 냉큼 삼켜버렸다. 나는 빈 패트 병을 화장실 휴지통에 버리며 중얼거렸다. 이젠 다 끝난 거야. 이제 진영이 때문에 시달릴 필요도 없고, 유진이도 당당하게 친구들을 집으로 데리고 올 수 있어. 변리사와 행복한 가정을 이룰 수 있고. 나는 이런 말들을 벅벅 중얼거려가며 진영의 여권 사진이 사라진 변기 속을 한참 동안 멍하니 들여다보았다.

기내 안은 어둠의 무게만큼 고요했다. 떠날 때와는 달리 마음이 무겁게 가라앉았다. 아이는 지금쯤 관리인에게 발견되었을까. 아니면 캄캄한 궁에서 여전히 헤매고 있을까. 아니면 엄마를 찾고 울고 다니는 건 아닐까. 별의별 생각이 그림처럼 떠올랐다. 갑자기 가슴이 먹먹해지며 심장이 조여오는 통증이 눈시울을 뜨겁게 했다. 아아…… 내아들 진영아! 나는 입술을 깨물었다. 딸아이의 행복을 핑계삼아 내 무거운 짐을 버린 어미였다. 이제 5일만 있으면 남편과는 자동으로 이혼이 된다. 법원에 배우자 생사불명으로 이혼 청구를 신청했다. 남편이 가족을 유기한 것처럼 나 또한 아들을 유기했다.

인천공항에 도착했음을 알리는 안내방송이 들렸다. 자정이 다 되어 집에 돌아왔다. 유진이는 그 시간까지 잠도 자지 않고 나를 기다리고 있었다.

"진영인?"

거실로 들어서자마자 유진이가 대뜸 물었다. 나는 더이상 딸애에게 숨길 수 없었다.

"유진아, 이제부터 엄마 말 잘 들어. 이제 진영인 집으로 돌아오지 않아."

"그게 무슨 말이야. 진영이가 집으로 안 오다니…… 엄마가 진영이 병 고치러 간다고 했잖아."

"음 그게…… 그게 말이야……"

"엄마 혹시 진영이…… 진짜 중국에다 버리고 온 거 아냐?"

딸애가 의심스러운 눈초리로 날 보며 되물었다.

"너도 진영이 없어졌으면 좋겠다고 입버릇처럼 그랬잖아."

"엄만 그걸 말이라구 해?

"엄만 니가 정말 행복해졌으면 좋겠어. 진영이만 없으면 우리도 그럴 수 있어."

"엄마! 진짜 진영이 버린 거야, 정말?"

딸의 울먹거리는 목소리에 나는 안도감 대신 불안감에 휩싸였다. 그내 갑자기 핸드폰이 울렸다. 나는 떨리는 음성을 가까스로 가라앉히고 전화를 받았다. 남자였다. 그의 음성은 차분했다.

"오늘 중요한 일이 있다고 하더니 해결됐어요?"

"네, ……좀 먼 곳에 다녀왔어요. 일은 잘 해결됐구요."

"다행이네요. 나 지연씨에게 하고 싶은 말이 있는데…… 우리 하루빨리 살림 합치는 게 어때요?"

"네? 지금 저한테 청혼하는 거예요?"

그때였다. 내 말이 떨어지기가 무섭게 옆에서 듣고 있던 딸애가 길게 울부짖었다.

"엄마, 혹시 그 아저씨랑 결혼하려고 진영이 버린 거야? 그래서 진영일 말도 안 통하는 중국에 버리고 온 거냐구. 엄마 미쳤어? 자기 아들 버리는 엄마가 이 세상에 어딨어. 이 세상 사람 모두 다 진영일 버려도 엄마는 그러면 안 되잖아! 진영이 버리고 어떻게 살 수 있냐구. 아빠가 우릴 버릴 때도 이런 기분은 아니었어. 엄마가 있었으니까. 근데 이제 엄마까지 진영일 버려?"

유진은 미친 듯이 진영이의 이름을 부르며 현관문 밖으로 사라졌다. 수화기 속에서 남자의 음성이 귓가에 흘러나왔다.

"유진이가 방금 한 말이 무슨 뜻이에요? 진영이를 버리다뇨? 진영인 누구죠?"

손에서 놓아버린 수화기 너머에서 남자의 목소리가 공허하게 메아리치고 있었다.

2010년대,
여성의 삶의 최저한도

방민호(문학평론가)

1. 갑자기 나타난 기대주, 손현주

손현주라는 이름은 '문단' 소설 독자들에게는 아주 잘 알려진 이름은 아니다. 그러나 청소년문학 쪽에서는 이미 유명하다. 그녀의 장편소설 『불량가족 레시피』는 '문학동네'에서 제1회 청소년문학상 대상작이었고, 베스트셀러가 될 정도로 독자들에게 각광을 받았다.

이 '신예' 작가가 문단에 모습을 드러낸 것은 바로 그 얼마 전에 『문학사상』을 통해서다. 그녀는 이 전통적인 잡지의 신인상을 수상했다. 그때 본심의 심사위원이었던 나는 여러 응모작들 가운데에 단연 돋보이는 작품 하나를 발견했다.

헤라클레스, 이 고대 희랍 영웅의 이름을 제목으로 삼은 단편소설이었다. 나는 아무런 주저 없이 이 작품을 당선작으로 삼았다. 그리고 생각했다. 앞으로 몇 년 동안 이보다 문제적인 등단작은 없을 것이다.

이렇듯이, 손현주 작가가 우리 문단에 자기 존재를 드러낸 것은 내게도 하나의 사건이었다. 최근에 나는 계간지『문학의 오늘』에서 작가들의 앙케이트 조사를 하는 일 때문에 이 작가에게 전화를 드렸다. 지금 우리 문단에서 잘못된 점, 고쳐야 할 것은 무엇이며, 우리 문학이 잘되기 위해서는 어떤 일을 해야 하는가? 질문은 이 하나였다.

손현주씨는 두 가지를 말했다. 하나는 단편소설 위주로 작가를 선발하는 관행에서 벗어나 장편을 중시하는 풍토를 확립해야 한다는 것이었다. 신춘문예나 신인상 제도는 대부분 단편소설들을 대상으로 삼고 있고, 문단에 힘 있는 잡지들, 기관들도 단편소설 중심으로 작가를 양성하고 있다. 그런데 이 단편소설로는 작품의 구성력을 키워나갈 수 없다. 단편의 구성력으로 장편의 플롯을 감당하기 어려운 만큼 본격적인 장편 작가를 길러내야 한다. 그래야 한국소설이 살아나갈 수 있다.

다른 하나. 손현주씨는 우리 문단이 문제의식, 현실의식 중심의 소설 쓰기에서 벗어나야 한다고 했다. 서점에 가보면 일본 소설 코너에 사람들이 몰려 있는 것을 볼 수 있다. 한국소설이 독자들의 시선을 끄는 데 실패했음을 보여준다. 왜냐? 한국문단은 현실 문제를 다룬 소설을 높이 평가하는 관행에 길들여져 있다. 주제 중심, 의식 중심, 관념 중심이다. 현실은 지독하다. 독자들은 그런 현실에서 벗어나고 싶어하는데, 문단은 오히려 그런 독자들을 현실의 심리적 충격 속에 다시 한번 빠뜨리곤 한다. 지금 한국소설에 필요한 건 그런 '현실주의'가 아니라 흥미와 기쁨을 줄 수 있는 다양성이다.

내가 제대로 요약했는지 모르겠다. 이야기의 재미를 느낄 수 있게 해주는 장편소설로 나아가자는 것. 이것은 내 생각과도 통한다. 그런데 여기서의 요점은 이 작가의 자기 생각이 매우 뚜렷하다는 것이다.

작가들은 본래 자기 생각을 갖춘 사람이어야 한다. 그런데 요즘에는 비평가가 이 생각을 설명해주고, 작가가 사후적으로 이를 자기 생각인 것처럼 받아들이는 경우가 많다. 자기 생각을 논리적으로 개진하지 못하는 작가가 많다는 것이다. 나는 전화 통화를 하면서 들은 한국소설의 현상 타개책보다 이 말을 전달하는 작가의 '주관화' 능력에 더 관심이 갔다.

그런데, 이번에 손현주씨가 펴내는 첫 소설집은 이러한 주관에도 불구하고 문제적인 단편소설들을 맵시 있게 배열해놓은 것이다. 아무래도 이 문단 풍토에서 '선택되어' 모습을 드러내기 위해서는 그러한 풍토에 적응하지 않으면 안 된다는 이율배반적 심리가 작용했던 때문일까. 그러나 사실, 나는 『문학사상』에서 현실을 바라보는 이 작가의 시선에 마음이 크게 움직였던 것이었다.

2. 소외된 성을 통해 드러나는 '새로운' 세상

손현주씨는 자신의 첫 소설집에 일곱 편의 단편소설을 실었다. 분량 면에서 적다 하면 적은 분량이라고 할 수 있다. 뭔가 자신감이 느껴지기도 하는 대목이다. 이 단출한 소설집은 그럼에도 읽는 이에게 강렬한 인상을 남겨주는 면이 있다. 그것이 무엇 때문인지, 나는 지금 이것을 생각해보려 한다.

소설가란 대체 어떤 요건을 갖춰야 하나? 이에 관해 생각해보려면 소설이라는, 참으로 유구한 명칭의 연원으로 되돌아가보아야 한다.

아주 옛날 중국에서, 소설이란 역사적 기술 가운데 신빙성이 떨어지는 것들을 아우르는 말이었다. 그러니까 그것은 정사에 남기 어려운 기술, 믿어도 그만 안 믿어도 그만인 기술이었고, 그럼에도 불구하고 민간에 돌아다니는 이야기들을 모아놓았기 때문에 민심을 살피거나 세상을 파악하는 데 유용한 기술들을 가리키는 말이었다.

그런가 하면 소설은 하급 철학을 가리키는 말이기도 했다. 소설가는 제가백가들, 예컨대, 유가니, 도가니, 법가니 하는 어엿한 학설에 들지 못하는 하위 '철학자'를 가리키는 말이었다. 그러니까 소설가는 그럴듯한 체계를 갖추지 못한 생각, 질서 있고 논리적이라기보다는 진기하거나 잡스러운 생각을 펼치는 사람이다. 그러나 이 '소설'도 때로는 어엿한 철학이 선사하지 못하는 통찰과 지혜를 선사할 수 있었다.

종합해서 말하면 소설가는 역사적으로나 철학적으로 어떤 정식적 체계에 들지 못하는 사람이고, 그런 기록을 남기고 생각을 펼치는 사람이다. 그러나 어느 시대, 어느 곳에서나 체계는 여분을 남기는 법이며, 나중에 보면 여분이라고 생각했던 것이야말로 가장 중요한 사항인 경우가 많다. 아니 이 여분이야말로 사람들로 하여금 체계의 폐쇄성에서 벗어나 새로운 삶의 가능성을 찾아나갈 수 있게 해주는 견인자라고 할 만하다.

바로 그러하기 때문에 훌륭한 소설가는 동양에서나 서양에서나 사후적 탐구의 대상이 되고, 바로 거기서 새로운 사상의 싹을 발견하게 되는 경우가 많다. 그렇다면, 말을 바꾸어, 좋은 소설가가 되려는 사람은 아직 체계적인 생각 안으로 들어오지 않은 사람들, 현상들, 사건들에 관심을 기울여야 한다. 그것이 새로운 생각을 안출하는 바탕이자 재료가 될 것이다.

돌이켜보면, 내가 손현주씨의 데뷔작인 「헤라클레스를 훔치다」에 관심을 갖게 된 것도 바로 그런 새로운 요소 때문이었던 것 같다.

이 소설에 나오는 '헤라클레스'는 고대 희랍 영웅의 이름을 빌린 성기구인데, 그것은 성인용품 카페인 '바나나몰'이라는 곳 한구석에 방치되다시피 놓여 있다. 성인용품점이라는 공간 설정도 일단 흥미를 자아내고, 성기구의 이름도 그럴듯하지만, 이것을 훔쳐 자신의 지하방으로 데려오는 여자는 북한을 탈출해온 소향이라는 여인이다. 왕년의 무용수인 그녀는 공연 예술단을 기획한다는 사내를 만나 몸도 돈도 모두 빼앗기고, 생존을 위해 몸부림쳐야 하는 한계 상황에까지 밀려나버렸다. 다세대주택 지하 방으로까지 밀려나 1년씩이나 월세가 밀린 그녀가 꿈꾼 것이 바로 이 헤라클레스와의 동거다.

그런데 그녀가 이 '남자'를 갈구한 것은 그 하체에 매달려 있는 '진동 딜도'의 쾌락 때문이 아니라 '그'가 배신할 줄도, 여자의 돈을 탐내지도 않는다는 사실 때문이다. 즉, 그녀는 육체성만으로의 남성이 아니라 자신에게 참된 위안을 선사할 수 있는 '온전한' 남성을 갈망한다는 것인데, 이것이 살아 있는 헤라클레스가 아니라 한갓 인형일 뿐인 헤라클레스에게서 얻어질 수 있을 것으로 믿어진다는 데에 바로 이 소설의 문제성이 가로놓여 있다. 소설의 마지막 장면에서 이 헤라클레스는 쓰레기통에 처박혀져 머리가 잘려버렸다. 눈은 움푹 패고, 머리통은 짓이겨진데다 가위질까지 되어 형체를 알아볼 수 없을 지경이다.

밀린 월세를 못 참은 주인집 여자가 내린 조치의 일환으로 이런 형벌을 받게 된 헤라클레스의 페니스는 개가 물고 돌아다니기까지 한다.

이 소설은 첨단매체를 타고 날마다 전시, 현시되는 육체가 처참하게 분해되고, 조각나버린 역설적 상황을 상징적으로 그려냄으로써, 정작 '온전한' 인간 자체는 설 곳을 잃어버린 현실을 날카롭게 비판하고 있다. 천식을 앓고 있는 탈북 여성 소향은 바로 그러한 인간을 상징적으로 대표한다는 점에서, 이 소설은 차라리 탈북자 소설이라 할 수 없을 정도다. 탈북자 인물은 오히려 새롭지 않고, 지하 월세방도 전혀 새롭지 않다. 그러나 최근 몇 년간 대도시 어느 곳에나 넘쳐나는 성인용품점의 성기구가 이것들과 조합되어 만들어내는 세상의 '새로운' 모습은, 만연하는 육체성 속에서 인간이 어떻게 짓눌려 있는지 보여준다. 소외 또는 도착의 이 새로운 양식은 손현주 작가가 새롭게 제시해놓은 것이라 할 수 있다.

3. 최저고도의 생활, 그 극한적 양상들

소설이 세계를 어떻게 다루어야 하는가에 대해서는 실로 논쟁적인 측면이 있다. 우리는 문학이 세계를 모방적으로 재현한다는 아리스토텔레스의 논리를 한편으로는 신봉해 마지않는데, 그럼에도 앞에서 손현주씨의 견해를 빌려 밝힌 것과 같은 불만이 늘 존재하는 것도 사실이다. 즉 소설이 현실 문제를 굳이 다시 보여주어야 하느냐는 말이며, 오히려 소설의 역할이나 존재 의미는 다른 데서 찾아져야 한다는 말이 그것이다.

이와 관련해서, 오스카 와일드는 「거짓말의 쇠퇴Dacay of Lying」라는 평론에서 문학이 현실을 반영하는 것이 아니라 현실이 문학을 반영한다고 주장한 바 있다. 단적으로 말해 사람들은 문학 속의 인물의 삶을 따라 자신의 삶을 만들어가려는 욕망을 가지게 된다는 것이다.

예를 들어, '팜므파탈'적인 여성 인물이 어떤 소설이나 희곡에 등장한다고 하자. 그러면 어떤 여성들 가운데에는 그와 같이 치명적 '독소'를 품고자 하는 사람도 있을 수 있다는 뜻이겠다. 또 세상에는 '베르테르 효과'라는 말이 있다. 누군가 자살을 한 것을 보고 모방 충동을 느껴 자살하는 사람들이 많아지게 되는 현상을 가리키는 용어다.

나는 '아리스토텔레스주의'를 따라 문학비평을 시작해서 지금은 꽤나 '와일드주의자'의 면모를 띠게 된 사람이다. 그러나 지금도 그 어느 쪽 주장만이 완전한 진실이라고 생각하지는 않는다. 사실 세상의 큰 진실은 중도에서 찾아지는 경우가 많다. 따라서 소설이 모방적 재현 쪽에 치우쳐 생기를 잃어버리면 사람들은 새로운 삶의 창조에 관심을 갖게 되고, 반대로 상상력이 유희로 빠져 가치 있는 담론을 구축하는 데 실패하게 되면 현실을 참조하라는 주장이 힘을 얻게 된다.

손현주씨는 앞에서 소개한 전화 통화에서, 소설이 현실을 다시 보여주는 데 그침으로써 독자들이 현실에서 빚는 심리적 충격을 단순히 반복적으로 체험하는 상황은 피해야 한다고 주장했다. 그럼에도 이 소설집은 이 '다시 보여주기'에 오히려 충실한 것처럼 보이는 면이 있다.

이 소설들에 비친 현실은 한마디로 말해 극한적인 상황들이라고 해야 맞다. 예를 들어, 「두 시간」의 여주인공 화정은 중풍으로 꼼짝 못

하는 친정어머니와 식물인간 생활을 이어가는 남편을 간병하는 고단한 생활에서 벗어나지 못하고 있다. 앞에서 언급한 「헤라클레스를 훔치다」의 여주인공은 습기 가득한 지하 방의 곰팡이 같은 생활세계에서 거미줄에 걸린 곤충처럼 살아간다. 또, 「C동 301호」의 쌍둥이 자매는, 한 사람은 화상으로 만신창이가 된 육신을 붙들고 살아가야 하며, 다른 한 사람은 자기 대신 쌍둥이 동생이 화상을 입었다는 죄의식을 강요당하고 있다. 「도그 워커」의 여주인공은 고아처럼 성장해서 자신의 몸을 임상실험 대상으로 팔고, 부유촌의 애완견을 보살피는 일로 생계를 해결하고 있다.

다른 작품들에서도 상황은 '한결같다.' 「라스코 동굴」은 다니던 회사에서 밀려나 개인 사업을 시도하다 실패한 가장의 이야기를 들려준다. 그 후, 가장답지 못하게 무작정 가출해버린 그는 프랑스에 있다는 라스코 동굴에 가려는 꿈을 꾼다. 그것은 그 원시의 세계가 현대 세계에서는 찾을 수 없는 '목가적인' 삶의 양식을 엿볼 수 있게 해주는 곳이기 때문이다. 「엄마의 알바」라는 작품은 홀로 집안 살림을 꾸려나가야 하는 아내의 역할 대행 아르바이트 사건을 다룬다. 남편이 증권시장의 작전주에 홀려 감당할 수 없는 부채를 짊어지게 된 후 그녀는 역할 대행이라는 직업으로 세상에 다시 나가 연애의 실패를 경험한 후 가정으로 돌아온다. 이 소설은 마치 주요섭의 「사랑 손님과 어머니」(1935)에 등장하는 소녀 화자와 같은 화자의 효과를 살리면서, 종종 가십성 사건들을 만들어내곤 하는 신종 생계형 직업을 작중에 끌어들인다. 마지막으로 「콜라 버리기」에서는 결혼 정보회사에서 일하는 여성이 주인공 화자로 등장한다. 자폐아를 기르고 있는 여성 주인공에게 나타난 새로운 생활의 가능성은 그녀로 하여금 자폐아인 진영을 중국 베이징으로 데려가 유기해버리도록 한다. 재혼에 방해 요인이 된다고 생각한 나머지 장애 아들을 중국에 버리고 돌아오는 여인의 자기 정당화 심리가 흥미를 자아낸다.

지금까지 살펴본 것처럼 이 소설집에는 모두 일곱 편의 단편소설이 실려 있다. 「헤라클레스를 훔치다」 외에, 「두 시간」 「C동 301호」 「도그 워커」 「라스코 동굴」 「엄마의 알바」 「콜라 버리기」 등 여섯 편의 단편소설이 그것이다. 이 작품들을 통해서 우리가 살아가는 세계를 '실감나게' 비추어주고 있는 손현주씨의 창작 세계는, 2000년 전후의 최인석 작가나 2010년 전후의 김애란 같은 젊은 작가가 보여준 현실의 극한적 측면들을 2010년대의 맥락에서 새롭게 드러내고 있는 것처럼 보인다.

그만큼 현실을 충실하게 보여준다고 해야 할까? 그려진 세계는 분명 새로운데 그것은 사회파 작가들에게서 찾아볼 수 있는 현실주의를 다시 한번 실천해 보인 것처럼 받아들여질 수도 있다. 과연 작가는 무엇 때문에, 무엇을 위해서 이 세계를 이렇게 재현해 보이고 있는 것일까?

4. 삶의 보람을 찾는 방법?

이 소설집에 실린 단편소설들이 보여주는 충격적인 결말들에 주의를 돌려보아야겠다. 「헤라클레스를 훔치다」는 여주인공이 성인용품 카페에서 훔쳐온 헤라클레스가 쓰레기통에 처박혀 조각나버리는 것으로 끝난다. 여주인공의 이름이 새겨진 헤라클레스의 페니스가 개의 입에 물려 찢기고 너덜거리게 되는 장면은 여주인공이 처한 현실적 상황을 압축적으로 드러내기에 부족함이 없다. 북한에 정든 이들을 두고 떠나온 소향이 맞닥뜨린 한국 사회는 새로운 지옥의 모습이나 다를 바 없는 게 아닐까. 지금 일본에서는 지옥을 그린 그림책이 갑자기 잘 팔리고 있다는데, 한국 사회도 보는 각도에 따라서는 지옥을 방불케 하는 면이 없다고 할 수 없다. 지옥이란 결국 인간이 자신들이 사는 현실세계를 최저상태로까지 극단화해서 보여주는 것이라고 말할 수도 있을 테니까.

　「두 시간」이나 「C동 301호」의 여주인공들, 그리고 「콜라 버리기」의 여주인공이 살아가는 현실 또한 「헤라클레스를 훔치다」의 여주인공이 감당해야 하는 현실과 정도 면에서의 차이는 없지 않을지언정 결코 견딜 만하다고는 말할 수 없다. 이와 같은 양상을 제시함으로써 작가는 지금 이 시대에 여성들이 살아가고 있는 삶의 조건이 이와 같다고 말하고 있는 듯하다. 이 세계 현실은, 말하자면 김기덕의 〈피에타〉 같은 곳에서 상징적으로 제시된 철공장 지대같이 타인의 고통과 절망에 무관심한 심리가 체제화된 차가운 공간이고, 박찬욱이 복수 시리즈에서 연속적으로 보여준 바와 같이 사회적 보호 없이 생존경쟁에 노출된 개인들이 원념을 안고 투쟁해나가야 하는 비정한 공간이다. 이 현실 공간을 손현주 작가는 여성의 시점에서 그려낸다.

　그러면 이 현실 속에서 견딜 수 있는 방법 또는 여기서 빠져나갈 수 있는 비상구는 어디에, 어떻게 존재하는가? 이 소설집에는 결말을 처리하는 전형적인 두 개의 방법이 나타난다. 그 하나는 비정하게 끝맺도록 하는 것이다. 「C동 301호」의 여주인공은 화상 후유증 속에서 살아가는 쌍둥이 동생을 냉동고에 가둬 생을 마치도록 하는 상상을 한다. 「콜라 버리기」의 여주인공은 장애 아들을 버리고 귀국해서 재혼을 향해 나아가려 한다.

다른 하나는 다소 희망적으로, 또는 다소 유머러스하게 처리하는 방법이다. 「두 시간」의 여주인공 화정은 고독하고도 삭막한 생활에 지친 나머지 차라리 남편의 목숨을 끊어놓고 싶은 충동에 시달린다. 그러나 마지막 선택은 자신이 다른 사람의 간병인으로 나서면서 다른 간병인으로 하여금 자신의 친정어머니와 남편을 돌보도록 하는 것이다. 「엄마의 알바」를 보면, 역할 대행에 나선 엄마의 모험이 실패로 돌아간 후, 함바집 아줌마와 딴살림을 차렸던 아빠도 집으로 돌아온다. 현대판 「사랑 손님과 어머니」의 화자 '옥희', 즉 「엄마의 알바」 이야기를 들려주고 있는 열여섯 살 김다솜의 시선에 비친 엄마와 아빠는 아슬아슬하게 파국을 넘기고 이제 막 생활의 균형을 되찾고 있다.

나는 이 두 가지 결말의 방법 모두에 작가 손현주의 세계 전망이 담겨 있는 것으로 본다. 아마도 작가는 「C동 301호」나 「콜라 버리기」의 여주인공이 선택한 행동 양식을 완전히 잘못된 것으로 선언하지 않을 것 같다. 그러한 선택에 일말의 동정을 보낼 수 있을 성도로 우리가 감내해야 하는 현실이 고통스럽다는 것, 따라서 인간은 어느 경우에 그런 선택을 해나갈 수도 있다는 것이 작가의 생각에 가깝다고 본다. 살아 있는 인간은 자신의 생에 대한 애착 때문에 때로는 도덕적 의무감과 가족적 정리마저 떼어버릴 수 있다. 이것이 인간이며, 이러한 인간적 속성, 욕망을 승인할 수 있는 체제를 수립해나가야 한다는 것, 이것이 작가가 말하고자 한 것이 아닐까.

나아가, 나는 「두 시간」이나 「엄마의 알바」를 통해서, 다소나마 낙관 어린 전망을 담아보고자 했던 시도들에 대해서, 작가 자신이 오히려 그다지 수긍하지 않을 수도 있다고 생각한다. 「헤라클레스를 훔치다」와 그 밖의 단편소설들을 통해서 작가가 보여준 삶의 극한적 양상들, 소외된 육체와 성, 해체된 가족적 질서, 위협받는 경제적 생존, 사회적으로 보호되거나 관리되지 않는 질병과 노년, 방치되는 사회적 소수자들…… 이 모든 것들이 디스토피아를 예민하고도 날카롭게 직시하고 있는 작가의 존재를 가리키고 있다. 이 작가에게 낙관적인 결말은 그야말로 하나의 실험이었을 뿐인 듯하다.

그리고 나는 이러한 실험적 형식들 속에 아직 본모습이 충분히 드러나지 않은 이야기꾼의 존재를 느낀다. 이 작가는 현실을 문제 삼기보다는 이러한 현실을 살아가는 인간이란 도대체 어떤 존재인가를 묻는다.

비정한 선택이나 광기를 승인할 줄 알면서도 보다 따사롭고 유머러스한 행동 양식까지 있을 수 있음을 알고 있는 작가는 이 인상적인 소설집을 내놓고도 여전히 배고파하고 있을 것이다. 나는 이 작가가 열어나가는 새로운 인간학의 장편소설 세계를 기대해보고 싶다. 이 소설집으로 미루어 짐작해보건대 이 작가는 우리 세계의 고통과 절망을 넓고 깊게 헤아려 볼 수 있는 사람일 것이기 때문이다.

작가의 말

소설집이 나온다는 말에 오래된 숙제를 해결한 것 같아 개운했다. 소설을 쓰면서 회의감이 들 때도 있고 도망가고 싶은 생각이 들 때도 있었다. 더 놀라운 것은 작품을 끝내고 돌아보면 이 글을 진짜 내가 쓴 게 맞나 하고 갸우뚱거릴 때가 있다. 작품의 모티프를 붙잡고 소설을 쓰는 시간 내내 힘겨웠다. 그래서 그 이야기들이 엮어져 한 권의 책으로 나온다는 사실에 벅찬 감동이 있다.

이번 소설집은 사회에서 불구가 되어버린 여성에 대한 이야기가 많이 나온다. 어쩌면 그 안에 나의 불구가 숨어 있는지도 모른다. 나는 소설을 쓰면서 내가 누구였으며 누구이고 어디에 있기를 원하는지 알게 됐다. 자기 자신에게 오래 머무르는 사람이 가장 멀리 갈 수 있다는 명언은 바로 소설을 쓰면서 발견한 통찰이다.

하늘의 기운이 부족한 아이라는 소리를 어려서 들은 적이 있다. 그래서 나는 언제나 마음으로 기도를 한다. 세상의 기운을 내게 주소서! 나는 세상과 가까이 호흡하고 싶다. 누군가의 아우성을, 누군가의 서러움을, 누군가 스러져가는 소리를, 누군가 숨죽여 우는 소리를 한 땀 한 땀 글로 담고 싶다. 소설은 나에게 전환점이었고 나를 깨웠고 구원했다. 그래서 마침내 나를 일으켜 세웠다. 저잣거리 이야기를 즐기는 내 습성처럼 언제나 사람의 말에 귀를 열 것이며 들을 것이며 쓸 것이다. 그리고 겸손해지고 싶다.

먼저 소설집이 나올 수 있도록 힘써주신 문학동네 여러분께 감사드린다. 문학동네는 나와 인연이 깊은 출판사로 고향과도 같다. 또 바쁜 일정에도 해설을 써주신 방민호 교수님에게 고마움을 전하고 싶다. 그리고 오랜 시간을 함께한 조동선 선생님과 문우들, 늘 부족한 엄마를 응원하는 아이들, 그 힘이 오늘 이 책이 나오게 된 발화점이다.

2013년 1월
손현주

| 수록 작품 발표 지면 |

문학동네 소설집
헤라클레스를 훔치다
ⓒ 손현주 2013

초판 인쇄 2013년 1월 30일
초판 발행 2013년 2월 4일

지은이 손현주
펴낸이 강병선
책임편집 김필균 | 편집 김민정 강윤정 김형균
모니터링 이희연 | 디자인 김이정 유현아
마케팅 신정민 서유경 정소영 강병주 | 온라인마케팅 김희숙 김상만 이원주 한수진
제작 서동관 김애진 임현식 | 제작처 영신사

펴낸곳 (주)문학동네
출판등록 1993년 10월 22일 제406-2003-000045호
주소 413-756 경기도 파주시 문발동 파주출판도시 513-8
전자우편 editor@munhak.com | 대표전화 031) 955-8888 | 팩스 031) 955-8855
문의전화 031) 955-8890(마케팅) 031) 955-2678(편집)
문학동네카페 http://cafe.naver.com/mhdn

ISBN 978-89-546-2056-7 03810

www.munhak.com